推しの母（予定）に転生したので、
子作りしたいと思います

MELISSA

推しの母（予定）に転生したので、子作りしたいと思います

カズヨシ

Illustrator
なお やみか

この作品はフィクションです。
実際の人物・団体・事件などに一切関係ありません。

推しの母（予定）に転生したので、
子作りしたいと思います

MELISSA

1

その墓は町の外れにひっそりと在った。

雨曝《あまざら》しなのはもとより、高貴な人の墓とは思えぬ質素な材で作られたせいか、参る者が誰もいないことが明らかな程に朽ちていた。

誘われるようにアルフレートが墓の前に跪《ひざまず》く。エステルはいつもと違い、見下ろす位置にあるその背中を黙って見詰めるしかなかった。

「……ははうえ」

掠《かす》れた小さな声はアルフレートのものとは思えぬ程に頼りない。

エステルは堪《たま》らない気持ちで、その背に手を添える。

母親の温もりを知らぬ小さな子どもを労《いたわ》るように、優しく。

「……っ、俺がっ……俺さえ生まれて来なければ、母は……っ」

「アルフレート……」

喉から絞り出したような慟哭《どうこく》。

まるで自分の罪を懺悔《ざんげ》するかのようなそれを聞いて、エステルは俯《うつむ》くアルフレートの背を抱き締めた。

「そんなことない……わたしがあなたのお母様なら、きっとこう言うわ……。『あなたが生きてくれて嬉《うれ》しい』って」

「母上……」

そう呼んだきり、アルフレートの唇からはもう、抑えきれなかった嗚咽《おえつ》が漏れるだけだった。

＊＊＊

はい、母上です。

いや、まだ産んでないけど。産んでないどころか宿ってもいないけど。宿ってないどころかきっと父親の体内で生産すらされてないだろうけど。

だが、私ユスティーナは、小説『ペンタスの乙女はただひとつの愛を知る』に出てくるメインヒーロー、アルフレート・バルトシェクの母（予定）なのである！

これが、かの有名な異世界転生か……。

私は自室の窓から空を見上げた。異世界の空も青いのね……とちょっと逃避しながら。

小説『ペンタスの乙女はただひとつの愛を知る』はよくありがちな、男爵令嬢のヒロイン、エステル・チュレヤが、よくありがちに、様々な立場の男性と出会いなんやかんやある、よくありがちの、愛され成り上がりストーリーである。大事なことなので三回言いました。

メインヒーローであるアルフレートは、辺境伯バルトシェク家の嫡男。

実直、誠実、頭も良ければ剣の腕も立つ、何よりイケメン。神より愛されしメインヒーローっぷり。

だが彼は、母を知らずに育った。

幼くして死に別れた母。肖像画では儚《はかな》げな美人とのことだったが、それ以上の情報が青年と呼ばれる年になってもアルフレートには与えられなかった。

何故なら彼の母は、辺境伯領、そして辺境伯家、何より彼女の夫に疎まれていたから。彼女自身の責ではない理由で。

母の不幸な境遇、そして唯一自分の肉親である父の、家族を家族とも思わぬ企てを知り、彼はようやく捜し出せた母の墓の前で、ヒロインに寄り添われながら涙をこぼす。

普段快活な彼が、亡き母を思って泣くのだ。

ギャップに母性が刺激される。胸がキュンキュンしちゃう。

私も例に漏れずアルフレートが好きでした。最推しでした。はい。

そんなアルフレートを産むのはやぶさかでない。

できることなら長生きして、彼を愛し、抱き締め甘やかして暮らしたい。推しの幼少期を一番近くでこれでもかと堪能《たんのう》したい。

だが、アルフレートの母は生前、疎まれ、不幸な境遇であったのだ。

アルフレートの母って？

私だよ！


その日、私は国王陛下に呼び出されていた。

腹違いの兄妹とはいえ、普段没交渉の権力者に自分だけが呼び出される。悪い予感しかしない。

早々に用事を済ませて帰りたかったが、人を呼び出しておいて当の本人は、前の公務が押しているとかで指定した時間に現れなかった。

そこで私を持て余した侍従連中に、庭でも歩いて時間を潰して来るよう言われ、外へ出たのだ。

今の季節ですと薔薇《ばら》が美しいのですよ～的な丁寧な言い回しだったが、部屋を追い出されたことに変わりはない。

そうして庭を目立たぬようこっそり散策していた時だ。話し声を聞いた。

「例の件で、王女の降嫁が決まったらしい」

「辺境のリディーツだろう？　領主のエドゥアルトは相当怒っていたそうだからな。王女は生《い》け贄《にえ》というわけだ」

「だが、下げ渡されるのがあのユスティーナ様とは」

「火に油を注ぎかねんな。どちらにとっても哀れなことよ」

などと。可笑《おか》しそうに。

リディーツ領の領主エドゥアルト・バルトシェクに生け贄として下げ渡される王女こと、ユスティーナ様って?

　私だよ!!

　という、しょうもないきっかけで小説と転生前の自分を思い出したのだ。笑えない。

　私はまったく笑えなかったが可笑しかったら笑うといい。

場所を弁《わきま》えずにベラベラ国家の大事を話してた奴《やつ》らみたいに笑えばいいわよ!　この(以下放送禁止《ピー》)どもが!

　その後ふらふらと戻った王の執務室内で、待たせた詫《わ》びのひとつもないまま、国王である兄は前置きもなく未だ呆然《ぼうぜん》自失のただ中にある私に言い放った。

「ユスティーナ、お前の降嫁が決まった。出立は三日後。嫁ぎ先はリディーツ。すぐに支度を調えるように」

　転生したらしい、と思い到ってから拒否という選択肢のない命令を出されるまでのこのスピード感よ。

　もっと早く思い出せれば何か対策ができたかも知れない。いや、アルフレートには勿論《もちろん》逢《あ》いたいけど。対策というか、なんかこう、心の準備的な?

　だが、ここに到ってはもう、王女として十七年間生きてきた私も、前世で娯楽として各ジャンルの小説や漫画を読み漁ってきた庶民の私も、見解は一致している。

是非もない、と。

「……恐れながら、突然決まった理由をお伺いできますか」

是非はないが、私の知っている小説世界とは名前だけ酷似した異なる世界線である可能性がまだ残っている。

私が息子を泣かせる程不幸な母親でない可能性が！　ワンチャン！


兄のもったいぶった話を要約すれば、隣国が辺境伯領に兵を出して来た。当然辺境伯は領兵隊を使って時間を稼ぎながら国に報告、援軍を要請。だが、国の中枢は別の政治問題で多忙を極めており、中央が安定していない現在援軍は送れないと回答。

辺境伯からの再三の要請をのらりくらりとかわしていたら、とうとう辺境伯激おこ。『援軍を送らないなら国土が減っても文句は言うなよ。勿論国防に携わっているウチの機密情報が隣に漏れたとしてもだ』という趣旨の脅迫文を送って寄越した為《ため》、あわをくって援軍を送ったが、時既に遅し。

領兵隊のみで隣国を返り討ちにしていた辺境伯に『今さら何しに来やがったんですか？』と皮肉られ、顛末《てんまつ》を聞いた他の貴族にも『うちの国ヤバくない？　いざという時に助けが来ないなら奉仕とか忠誠とかひょっとして無駄なんじゃない？』とドン引きされ、いや、もう本当にタイミングが悪かったんですよ、それだけなんですけど誠意の証《あかし》として王女送っとくんで煮るなり焼くなりサンドバッグにでもしてやって下さい～とこの度結婚する運びとなりました、と。

ここまで、小説で語られていた内容との相違なし。


さようならワンチャン。

ほら、これもう私が良いとか悪いとか言う段階じゃないんですよね。知ってた。

そりゃ領中から疎まれるよ。愛されない人生まっしぐらよ。スタートから決定付けられてるよ。

……いや、ゴメンナサイ嘘吐《うそつ》きました。

スタートから、と言ったらそもそも私の人生のスタートからなんですわ。

私が髪色が白銀で、目の色が紫に生まれたばっかりに……。

前世の記憶を思い出してからは、我ながらファンタジー丸出しな色だなぁとしか思わんが、この世界ではほとんど白髪のような髪色を若いうちから持っているのは不気味だし、更に紫の目は悪魔の目と言われていたりとか童話に出てくる悪い魔女の目だとかで、とにかくイメージが悪いのだ。ちなみにこの紫の目は、アルフレートにも遺伝する。

更に言えば、私の母は前国王の側室の中ではとりわけ身分が低かった。

美貌を武器に野心を持って後宮入りしたのに、生まれたのは国王の色でも母の色でもない、隔世遺伝の悪戯《いたずら》に見舞われた、それも女児。

アルフレートに限らず、私も母の思い出はほとんどない。

不気味と不吉のコンボな容姿を持った、うしろだてがないに等しい子供がどのように見られるか、扱われるかなんて言わなくとも分かるだろう。

つまり私は王宮にいる時から疎まれ、不遇な生活を送っていた。

……だとしたら。

王宮も辺境伯領も変わりないのでは？

むしろ可愛い息子が産まれると分かっている時点で勝ち確なのでは？

そうとなったらもう。

「謹んでお受けいたします」

こんな所にいる理由など、もはやないのである。

2

レイシー国の北西に位置するリディーツ領は、国でも指折りの広大な領土と豊かな自然を持つ地である。

平たく言えば大部分の山やら森やらと、領地と比較すればあまりに小さな領都しかない田舎《いなか》。

特産は木材。広い土地がありながら、その多くが農作には向かない土壌らしい。

牧畜もあまり盛んではない。何故なら良好な関係とは言い難い隣国と接しているから。

土地の大きさに合わせて牛やら羊やら大量に放牧しようものなら、隣国に盗まれるかも知れない。家畜は貴重な資産なのだ。

予告なしに攻め込まれた時などは大量にいると迅速に逃げることもできないので扱いに困る。

隣国という脅威がなくても山林には獣がおり、それらのエサ場となれば、次に襲われるのは人だ。

故にリディーツ領は代々、領内で消費される程度の牧畜と、それを下回る程度にしか収穫できない農作物と、減っていく一方の森林の恵みにより成り立っている。

……否、実はリディーツ領には別の『特産』もある。

年に数回は隣国との小競り合い、五年に一度は侵攻を受ける為、兵の練度が高いと言われる。

そして切迫した環境故の実力主義。「力で成り上がりたければリディーツに行け」とはレイシー国民なら子供でも知るところ。兵士ではない領民も有事には動けるようになっているのだという。

そんなリディーツ領兵隊のトップがエドゥアルト・バルトシェク辺境伯。

彼が十八歳の頃に実父である前辺境伯が帰らぬ人となった為跡を継いだ、現在二十六歳の『レイシーの北の盾』。

黒髪、翠眼《すいがん》の偉丈夫は、ゴロツキ数人程度なら一人で相手取る嫡男アルフレートをして「父にはまだ敵《かな》わない」と言わしめた剣の腕と知謀を誇る。

戦においても常に前線に立ち指揮を取る『リディーツの黒き軍神』。

……そんなご立派な二つ名があるから、王家が「バルトシェクなら援軍なくても大丈夫デショ？」

と舐《な》めた態度を取ったような気もする。

さて、与えられた猶予の三日で嫁ぎ先の情報と妻の心得を一気に頭へ叩《たた》き込み、田なｋ……もとい、嫁入り先のリディーツに到着した私、ユスティーナ。

気になる夫、エドゥアルトとのドキドキ初対面ですが――……していません。

まだ、対面、できて、いません！

到着し、既に二日。音沙汰なし！　同じ屋敷にいるのかどうかもわからん！

勿論私だって何もせずにいたわけじゃない。

到着してすぐに、「旦那様にご挨拶したいのですが」と執事に申し出たが「旦那様はお忙しいので」と却下。

一応「挨拶等堅苦しいことは気にせず、どうぞ我が家と思っておくつろぎ下さい」なんて添えられたが、我が家と思って、というのがもう完全にお客様相手の定番社交辞令。嫁ぎ先のここが我が家でないなら何なのか。

いやはや、見事に他人行儀。乾いた笑いしか出て来ない。

その日はそこで引き下がり（五日間に及ぶ馬車の旅で疲れていたんです）、翌日にもう一度チャレンジ。

「旦那様にご挨拶と、此度《こたび》のことについて改めてお話しさせていただけたらと……」

「此度のことと申しますと挙式の件でしょうか。それでしたら、領内が落ち着いてからと申し付かっております。ご不安もあるかと思いますが、まだまだ戦後処理が山積しておりますのでご容赦下さい」

ぐぅ。戦後処理で忙しい、なんて言われたら（元）王家の人間としてはこれ以上何も言えない。

多分これ、挙式も流れるんだろうな～。

末端であっても、仮にも王家の禄《ろく》を食《は》んだ者の結婚式は王都の教会で、なんて不文律があるのだが、それも「忙しくて王都に行けません。必要なら領地でやります」を丁寧な言葉で綴《つづ》った手紙が届いたらしく、執り行われなかった。

王都から領地への道行きについても迎えも何もなく、仕方なしに王家の馬車で此処《ここ》まで来たのだ。

実家も嫁ぎ先も双方私相手に出す金が惜しいらしく、御者以外の使用人もいない、ほぼノンストップの強行軍だった。勿論王家の馬車は着いたその日に王都に帰った。

いやもうこの清々《すがすが》しいまでの「そっちが言い出したんだから、来るなら勝手に来い」という態度よ。望まれない花嫁にも程がある。

私が前世の記憶もない、結婚に夢を持ってた小娘なら今頃泣いてるよ？

式はない、迎えもない、専属の使用人も付けられず明らかに歓迎されていない、夫に会ってもらえない、とか。十代の高貴な生まれの新妻が受ける仕打ちとは思えない。

だが、ないない尽くしの私には希望がある。アルフレートという、ピッカピカに輝く希望が……！

夫に逢わずに子作りができるか、と言われれば勿論ノーだ。そのくらいは前世は喪女で、今世では箱入りお姫様だった（これまで教えてくれる人がいなかった、というのが正しい）私でも知っている。

前世ならともかく、この世界の技術レベル的には絶対無理。

つまり、私の希望、永遠の推し、可愛い愛息子《まなむすこ》、アルフレートに逢う為には、まず夫に逢わねばならない。向こうがこっちを避けていたとしてもだ！　チクショウめ！

こちらから逢いたいと言っても拒否されるなら、やることは一つしかない。

そう、強行突破である。

もっと平和的に、まずは手紙あたりで探りを入れたらどうかって？

それも考えなかったわけではない。しかし、相手はとにかく「忙しい」の一点張りなのだ。

手紙なんて書いたって「忙しくてまだ読んでいません」が私が死ぬまで続くかも知れないし、「忙しくて返事を書く時間がありません」と私が生まれ変わってもリターンがないかも知れない。

そのくらい「忙しい」をゴリ押しして来そう。いや、きっとする。

もっと積極的に私を騙《だま》そうとして欲しい。私を騙すことにもっと労力と時間を割いて欲しい。

悲しいくらい目標の低いかまってちゃん発言をしてしまう程、向こうは私に興味がない。

礼儀正しくお手紙出して、部屋に閉じ籠もって待っているだけでは逢えるわけがない。

見ているがいいわ、まだ見ぬ夫よ。

私を上手く騙さずに放っておいたことを後悔させてやろう。

古今東西、交渉において一番手っ取り早いのは「会って話す」だ。

前世営業職だった私を舐めるな。話を聞いてもらう為なら飛び込み営業当たり前である。

問題は、夫の部屋を知らないこと。ちなみに私に与えられたのは屋敷の客間のひとつ。

妻なのに？　妻なのに！

そこで私は考えた。

まず許可をもらい、庭の散策に出る。そして窓から各部屋の様子を探る。……いや、一個一個覗《のぞ》き込むとかじゃなくて。

窓だって部屋の一部だ。大事な部屋とそうでもない部屋の窓は大きさや飾りで差が出る。そこから「屋敷の主の部屋」っぽいのをピックアップ。

次に屋敷内の案内をお願いする。勿論、私に見せられる範囲で結構、と自ら申告して。

普通、貴族家の家政は女主人の仕事だ。現在バルトシェク家生まれの女性はいないから、つまり女主人とは私である。バルトシェク家当主の名ばかりの妻、私である！

だが勿論、バルトシェク家は私にその役割を求めていない。そもそも妻として認めていないから。

なので、現在内向きを取り仕切る家令に、無知な小娘に少しずつやることを教えて欲しいとお願いした。どの程度教えるかは家令次第。教えるか教えないかも家令次第である。

たおやかな若い娘（私だよ！）に殊勝に自分に不利益のないおねだりをされた家令は、少し悩んでから、屋敷の一部分の案内くらいなら、と了承した。

屋敷内を監視付きでうろつきつつ、内部の構造と使用人たちの動きに気を配る。

主がいる時といない時、そして主が立ち寄る可能性がある場所とない場所では使用人の動きが同じの筈《はず》がないのだ。人間だもの。

あとは屋敷の外から得た情報と屋敷の内からの情報を擦り合わせるだけである。

なんだか犯罪くさいって？　いいえ、たおやかな若い娘（私だってば！）が嫁ぎ先に馴染もうと誠心誠意努力しているだけです。

こうして私は夫の執務室と思われる場所を掴《つか》んだ。


「この度はたいっっへん！　申し訳ありませんでしたぁああ！！！」

ノックし、返答があったので入室。

突然の闖入者《ちんにゅうしゃ》に驚きの顔を見せたのは部屋にいた男性二人。その内の一人が黒髪であることを確認し、すぐさま土下座。そして謝罪。この間五秒もない。

唖然《あぜん》としているだろう二人に更に言い募る。

「王家の末端の小娘の謝罪など、何の慰めにもならないと存じますが、仮にも王家の一員だった者として、この度の不始末、伏してお詫び申し上げます！　どうぞ私めの首でお気が済むなら、如何様《いかよう》にもなさって下さい！」

悲しいかな、私が頭を下げた所で一銭の価値も生まれないことを、前世で嫌という程思い知っている。しかし、だからと言ってじゃあ謝らなくてもいい、という理屈にはならないのが世の中だ。悲しいかな。

とにかく、前世でも今世でも共通して土下座というものは明らかな打算ありきだ。高貴な生まれの女性が、這《は》いつくばって赦《ゆる》しを乞う。これ自体がこの世界では建前上あってはならないことである。ましてや本人に非はこれっぽっちもないのだから、この哀れな姿に同情しない人間はいないだろう。

私めの首で～なんて口にしながら、私は自分に責任を問われることも、ましてや自分の命が脅かされることもこれっぽっちも心配していない。

まあ、赦されるだろうな、と思っている。ただのパフォーマンスだ。

私が悪いんじゃないけど、代理として謝るから寛容な処置をお願いします、と。けじめってやつです。

これで過去を水に流して同情でいいから私と子作りして欲しい。

プライド？　そんな見えないもんで腹は膨れないんですよ。

「ユスティーナ様？　どうぞその様なことはなさらず、お顔を上げて下さい」

困惑しきった男性の声が掛けられた。

私は夫の声を知らないが、多分これは夫の声ではない。部屋にいた、もう一人のものだろう。

エドゥアルト・バルトシェクならもっとこう……。

「……ユスティーナ姫、顔を上げなさい」

拒否を許さないような、低く威厳のある声。

私は顔を上げた。

扉を入って正面の、窓のある壁を挟んで部屋の両側には本棚。分厚い本や資料の類いが並べられており、部屋の奥にあるのは質実剛健を体現するような、立派だけれど余計な装飾を削いだ執務机。

机の前には領兵の制服を着た明るい麦わら色の髪の男性が立ち、こちらを見つめている。

机の奥で席に座っているのは、黒い短髪に翠《みどり》の目を持つ、厳しそうな男性。この男が——……

「謝罪を受け入れよう。用がそれだけなら部屋に戻るといい」

高貴な女性にも、まだ十代の娘にも甘さを見せない物言いで、男は私を追い出そうとする。

「っ、いいえ、旦那様。用はまだ済んでおりません」

名乗られたわけではないが、これが、私の夫。アルフレートの父、エドゥアルト・バルトシェク。

私は素早く立ち上がると、淑女の礼を執った。

「お初にお目にかかります、ユスティーナと申します。以後、旦那様の善き妻として……」

「挨拶は良いと、執事から聞かされなかったか？」

「……伺っております。しかし、これから夫婦として共に……」

「ならもう良い、部屋に戻りなさい」

最後まで喋《しゃべ》らせろや！

叫びたいのを堪《こら》え、折っていた膝や腰を戻す。淑女の礼って長い時間やると筋肉が悲鳴を上げちゃうからね！

あと、礼を執っても無駄な相手っているしね！　目の前にね！

「旦那様にお願いがございます」

帰れ発言を聞かなかったことにして背筋を伸ばし言い募る。

器用に片眉を上げた夫は、「なにかな？」と端的に問うた。

アルフレートの容姿は目の色以外は父、エドゥアルトとそっくりであるらしい。

つまりこの無表情ながら造形の整ったイケメンの翠眼を、私の目の色である紫に替えたなら。

「私に、旦那様のお情けを下さい」

部屋の空気が音を立てて凍りついた。ような、気がする。

信じ難い言葉を聞いたような表情。

そうそう、アルフレートはエドゥアルトより表情豊かなのだ。生でアルフレートの色んな表情が見たいものだわ。

だからと言って、机の前に立った領兵の彼のように、目も口も全開にして女性を見つめるのはどうかと思うが。

私はにっこり笑ってみせた。

夫にじゃない、未来の息子に向けて。

「私、あなたの子供が欲しいのです」

3

望んでないのにあてがわれた結婚相手。会うことすら拒んでいたら突然教えていない筈の仕事部屋までやって来て、初対面の挨拶もそこそこ、あなたとセックスしたいと宣《のたま》いました。

あなたはこの相手をどう思いますか？

やべえ奴だと思います。

当然そうだろう。私もそう思う。

まあ、そのやべえ奴って私なんですけどね。テヘペロ！

あの後、バルトシェク家の使用人たちに主人より通告がなされた。

王家からの客人に心を病んでいる兆候あり。接する際は細心の注意を払い、刺激しないようにすること、と。

それからというもの、使用人たちはこれまで以上に遠巻きだ。私を絶対旦那様に会わせないマンの執事も、私の要望に対して「旦那様にお聞き致しますので暫《しば》しお待ち下さい」という返答が増えた。

執事を使いっぱしりにしてしまって申し訳ない。

いやしかし、すっかり珍獣の気分。もしくは爆発物？　うける。

うけてばかりもいられないので、私は焼き菓子を口に運んだ。前世の市販品とは比べるべくもないが、これはこれで素朴で美味しい。

リディーツ領は自然は豊かだが資産は豊かではないので、焼き菓子など領主の屋敷であっても贅沢《ぜいたく》品《ひん》だ。

だが私は食べる。なんなら持参金を切り崩してでも材料を購入するので、作ってもらいたい。

調理場に入る許可をもらえるなら自分で作ったって良いんだけどね。

今はそこまでせずとも、旦那様が与えてくださっている。

執務室に乱……闖入し、子作りを迫って以来何も望まなかった妻のおねだりだ。宝石やドレスやら、まして子作りよりは可愛らしいわがままに、夫も快く焼き菓子を作らせていることだろう。

あれ以来行ってないし。

どうして夫に迫らず焼き菓子を貪り食っているのか、頭おかしい扱いされたやけ食いか、と思われるだろうが、違う。

私は気付いてしまったのだ。

私、ガッリガリだな!?　ということに。

王宮でも不遇な目に遭わされていた私は、日によっては満足に食事も与えてもらえなかった。

育ち盛りにそんな日常を過ごせば、当然万年栄養失調気味、痩せ細った上にお肌ボロボロ、髪パサパサな王女のできあがりである。

細腰は女性の憧れだが、もうそんな話じゃない。ちょっと握力の強い男性が腰を掴んだら折れそう、というレベルだ。

リディーツに来てからは満足な量の食事が摂《と》れていたが、少食の範囲からは脱していなかった。

つまりアレだ。軍人である為か一般人よりは体格の良い夫は、好きでもなんでもない、むしろ嫌いよりの見た目ガリガリの幽鬼のような女に突然子作りを迫られたのである。

夫、可哀想。

私は猛省した。男をベッドに誘うならむしゃぶりつきたくなるような肢体が望ましいというもの。

既に十七歳の私がこれからボンキュボンにメタモルフォーゼする可能性は著しく低いが、触れたら折れそうな骨ではいかんだろう、と決意。

つまりは身体に肉を付けようとしているのだ。目指せ骨からの脱却。

前世知識による栄養バランスを考えた食事と甘い間食。そして適度な運動。

最低限の肉を付けるまで、子作りはお預けだ。現状、出産に耐えられる気がしないし。

そんなこんなで二カ月程が経過。

夫の仕事量も落ち着いた頃合いだろうし、私も骨から「ちょっと細い娘」くらいには進化した。

肌や髪も日頃の手入れで年相応にはなっているだろう。もうそろそろいいんじゃないかしら。

子作りの解禁である。

「旦那様、お話がございます」

久方ぶりの突撃。

執務机の奥には麗しの息子そっくりな夫。

妻の訪問にも無表情を崩さないが、心なしかうんざりしたものが伝わって来る。

「何だろうか」

入室の許可も得ていないし、仕事を中断させているのも申し訳ないが、夫は文句も言わずとりあえず話だけは聞く姿勢を見せる。案外良い上司なのかも知れない。

「夕食をご一緒していただけないものかと思いまして」

「……私は忙しい」

「存じております。では朝食にいたしますか？」

「……夕食で結構」

「承知いたしました。楽しみにしておりますわ。それでは、失礼いたします」

はい、今回の用事は終了。退散。

要点さえ簡潔に話せば夫には遮られないし、手間を取らせる時間も少なくて済むというもの。Ｗｉｎ－Ｗｉｎである。

扉を閉める前に垣間見えた夫は、自分の理解が及ばない、珍妙な物を見る目をしていた。ような、気がする。

「旦那様は貴族の責務についてどうお考えですか？」

夕食の席で、私はそう切り出した。

貴族の責務、つまり領地を運営し領民に還元すること。そして土地と民を外敵から守ること。それから家の存続の為跡取りを作ること。重要なのはこんな所だろうか。王家への忠誠心？　知らんな。

勿論前の二つについて私から旦那様に申し上げることなど何もない。政治を知らない小娘である妻が積極的に関わってくる責務は最後のやつだ。

私はその話しかする気がないし、一度直截《ちょくせつ》に迫られた旦那様は勿論気付いていらっしゃる筈。

「まずは式を挙げたい、という話かな？」

おっと、そう来たか。

私は結婚式のことなぞこちらに来てから一度も口にしたことはないが、確かに貴族として夫婦になるというなら順序的にはそこからだろう。

いやー、でもなーぁ？

「いいえ、挙式は結構です。私の容姿だと見世物になってしまいますもの」

そう、不気味と不吉のコンボな容姿の花嫁。しかも自分たちを見捨てるような態度をとった王家の人間。そんなのが英雄のような領主様の妻であると周知される。

祝福される気がしない。ええ、まったく。

「……女性にとっては重要な行事なのでは？」

「ええ、そうでしょうね。ですが私にとってはその限りではありません」

何もアクションがなければ流そうとしてたくせによく言うわ。

まあ、結果的にその方が良いという話だが。

夫は黙りこくっている。「そんなことはないだろう」と建前上フォローして挙式を決行すれば、やりたくもない煩雑な仕事と無駄な出費が増える。「そうか、では止めておこう」となれば目下やることは先だって妻に迫られた件だ。どちらにしろ自分の立場が悪くなると分かっているのだろう。

「貴族家にとって跡取りは重要だと思うのですが。選択肢は多い方が良いでしょうし」

前回よりは迂遠《うえん》な貴族的言い回し。

要は「この件は避けて通れませんよ。子供は多い方が良いんだからまだ早いも通用しないからなだ。

夫は美味しい食事を咀嚼《そしゃく》しながら、苦虫嚙《か》み潰したみたいな顔してる。

いや、基本無表情だけど。普段より少々寄せられた眉間と心中を察するに。

「……尊い御身の貴女が至急産まなければならないということもないのでは？」

はぁ？

「それは他所《よそ》で跡継ぎをお作りになりたいという意味ですか？」

脊髄反射的に質問に質問で返してしまったが、私の発言に部屋の空気が音を立てて凍りついた。気がする。パート二。

勿論今夜の夕食は夫婦二人きりではない。席に着いているのは二人でも、部屋の中には給仕する者、メイド、執事もいる。

すまん皆。初めての夫婦喧嘩《げんか》をお見せしてしまうかも知れない。

「……そのようなことは言っていない」

「まあ、失礼いたしました。私には種は与えたくないという意味かと」

良くないな、これは良くない。

使用人たちが若干ギクシャクしている。だがムカつく。止められない。

小説内ではアルフレートには腹違いの弟がいるのだ。年齢的には勿論ユスティーナが亡くなってからのことと推察されるが、もしかしたら義兄姉もいる、又はいたのかも知れないと語られる。

アルフレートはただ正妻の子だから嫡男の立場にあるのだと。

貴族社会的にはあるあるだが、我が身となると普通にムカつくわぁ。

「旦那様」

私は幾分ひきつってる夫にニッッコリ笑いかけた。

「過去のことは今更問いませんから、今後外でバラまくならまず私を孕《はら》ませてからにして下さい」

私、何か間違ったこと言ってます？

すわ夫婦喧嘩勃発かと使用人たちをハラハラドキドキさせた、初めての夫婦の夕食の席からこちら、夫はまたもお得意の免罪符「忙しい」を使ってきた。

忙しくて夕食をゆっくり食べる時間もないので、前回のような席を設けることはしばらくできない、とのことである。

お粗末な言い訳を思い出し、与えられた部屋でひとり、はん、とせせら笑う。

こちとら清々しい朝も早くから子作りの話題を振ってやっても、何なら毎日パワーランチを決行してやっても良いのだが、それだと夫は更に私を拒絶し遠ざけることだろう。

前回釘《くぎ》をビシバシ刺した後はしっかり夫に首肯させたし、それを使用人たちという複数の証人にもばっちり見てもらった。

つまり夫は使用人たちの手前、書類上の正妻である私を妊娠させない事には他所の女に手を出せない状態なのである。

ざまぁ。ここを進みたければ私を倒してから行け。

とはいえ、このまま夫に逃げ隠れされては埒《らち》が明かない。深刻な問題に発展する恐れもある。早くこの手にアルフレートを抱かせろ！　と私が暴動を起こす……もとい、あまりこの状態を長引かせると、ヒロイン、エステルとアルフレートの年齢差が小説と異なってしまうかも知れない。

エステルには是非とも小説通りアルフレートと恋仲になってもらいたい。オタクとして寄り添う二人を見たい。これ小説で見たやつだ……！　と通信教材の設問がテストに出た学生みたいなこと言いたい。

夫の出方によってはアルフレートが、つつがなく生まれるだろうエステルより大分年下になってしまうかも知れない。そうなったらエステルとアルフレートの関係がおねショタになる可能性も……？ドキワク。じゃない。

他にも懸念すべき事項として、私がいつまで生きられるか分からないというのもある。肉体改造中ではあるが、小説内ではユスティーナの死因にまでは触れられていなかったし。

そういうわけで、小説と異なる点はできるだけ排除したいのだ。

アルフレートの幸せの為、母上頑張るよ！

とりあえず、私にできることは夫との距離を縮めることだ。精神的にも物理的にも。難問である。

今私が強引に近付けば、ほぼ確実に夫は逃げる。『黒の軍神』様ともあろうものが裸足《はだし》で逃げ出すことだろう。

男は追われるより追いたい生き物だからって？　やかましいわ。

ここは物理的な距離の前に精神的な距離を近付けるべきか。まずお互いを知ることから始めよう。

だが夫の情報を引き出すには、物理的な距離が足りない。使用人たちに夫のことを聞くのもなぁ。

自分の知らない所で自分のことを聞き回られてるのって嫌な気持ちするよね。

ならば、相手を知る前に私を知ってもらうべきか。うんうん。一先《ひとま》ずそれで行こう。

コンコン、ガチャ。

「こんばんは旦那様。本日は雨でしたので、私読書をして過ごしましたの。屋敷にある本は私の読んだことのない物が多くてすっかり時間を忘れてしまいます。明日はお隣のブルーノ領の領主夫人にお手紙を書いてみようかと思っております。お隣は小麦生産で有名ですもの。何か変わったレシピをお持ちかも知れないわ。女性同士の些末《さまつ》なやり取りですが、もし気になるようでしたら送る前に目を通して下さいまし。それではおやすみなさいませ。失礼いたします」

バタン。

コンコン、ガチャ。

「こんばんは旦那様。最近涼しくなって参りましたわね。朝方、外に用事のある使用人が少し寒そうにしておりました。本格的に冷える前に防寒具など新調してはいかがでしょうか。予算に余裕がないのであれば、私の持参金からお出しいたしますので使用人たちの制服を作らせているお店をご紹介いただけますかしら。それではおやすみなさいませ。失礼いたします」

バタン。

コンコン、ガチャ。

「こんばんは旦那様。本日は領兵の鍛錬をなさっていたとお聞きしました。お疲れ様でございます。

私は本日は刺繍《ししゅう》をしておりました。兵の皆様は自分で繕い物をすることもあると聞いて驚きましたわ。私、刺繍があまり得意ではなくて。でもいずれ繕い物をお手伝いできるくらいには針仕事も上達しとうございます。糸を購入する為に今度町へ行ってみたいと思っております。勿論、旦那様の許可を頂ければ、ですが。それではおやす」

「待て。毎晩のこれは一体何なんだ?」

何って社会人の基本、報告連絡相談ですが?

旦那様こそ何をそんな途方に暮れた顔をしていらっしゃるのか。

4

とりあえず、互いを知ることから始めよう、手始めに普段の私のことを知ってもらおうと思っての行動だったが、何かおかしかっただろうか?

屋敷に到着しても、頭おかしい奴と布告されても私専属の使用人というものはいなかったが、使用人たちの前で夫を詰めたり、毎晩執務室に通ったりしたら侍女が付くことになった。解せぬ。

そんな私付きのいかにも仕事できそうな雰囲気の侍女、ダニエラに尋ねてみたら、こいつマジか、みたいな顔をされた。

「……高貴な生まれの方は私たちとは考え方が違うのかも知れませんね……」

丁寧な言葉でディスられた。おかしかったらしい。

男女の関係に報連相を持ち込むなってこと？　でも男女でなくても円滑な人間関係には必要じゃない？　今のところ男女の関係っていうより良いとこ上司と部下くらいの距離感だし。

うーん、と唇を尖《とが》らせる。

高貴な生まれだからというか、前世喪女の私に男女の駆け引きなんて上手にできるわけがないのだ。

ごめんねアルフレート。母上は父上と子作りする前に、前世から今世に到るまで一貫して底辺の恋愛レベルを上げることから始めなきゃいけないらしいよ。旅人の服と木の棒で魔王に挑むなってことみたい。気が遠くなるわね。

本人が既に挫《くじ》けかけているし、そんなにアルフレートを待たせるわけにはいかない。

私は気を取り直した。

「ねえダニエラ。男の方がどんな事故物件を前にしたとしても、理性より本能を優先させるような、そんなお薬ないかしら」

可哀想なものを見る目で私を見たダニエラは、「ないでしょうね」と断言した。

「ダニエラはそう言うのですけれど、旦那様もないと思われますか？　殿方の噂《うわさ》に聞いたことなどございません？」

「…………ないな…………」

「そうですか、残念です……」

「ああ、ないだろうな……在られてたまるか……」

私がため息を吐く傍ら、夫は何かブツブツ念じていた。

今私たち夫婦は、馬車に揺られている。

密室に！　二人きり!!

特殊なプレイではない。それでアルフレートができるなら私は本望だが、今回は町に出る為の移動というだけである。

なんと！　毎晩の報連相が報われて、買い物の為に町に出ても良いと許可が下りたのだ！

監視と護衛は夫が兼ねている。アンビリーバボー！　明日は雨か槍《やり》が降るかも知れない。

「忙しい」が口癖の夫が、とうとう私とデートしてくれることになろうとは！　これはベッドインも近いわね！

夫は夫で町に用があるとか、夫が執事に「くれぐれも、くれぐれもお一人にさせないようになさって下さい！　良いですか!?　自由にさせたら旦那様の評判に関わりますからね!?」とよくよく言い含められてたことなんて些末事ですとも。

夫婦が、男女が共に、二人きりでお出掛けするのだ。これがデートでなければ何なのか。

否、デートでない筈がない。

母上はメキメキ大人の階段上ってるよ！　待っててアルフレート！

「すまないが、私の用事を先に済ませさせてもらう」

「ええ、勿論です」

私はにっこり返した。もう、にっこにこである。

あら、旦那様ったら花屋に寄って花束なんて買っちゃって。あらあら〜？　デートの始めにまず花を求めるだなんて、まあまあ。今日の君は花も引き立て役になるくらい美しいよって意味かしら？

ウフフ。大きな花束！　デート中抱えてなくちゃいけないのかしらぁ〜？　オホホ、情熱的！

なんて思ってた時代が私にもありました。

花束を持った夫が馬車を降りて入ったのは、町の教会だった。

にこやかに司祭が迎え、夫から花束を受け取ると「いつもありがとうございます。皆も喜ぶことでしょう」と言う。

そのまま教会の建物の裏の、墓地の入り口にある一際大きな石碑に参拝。

その後教会内で墓地の区画整理の話や教会への寄付の話ともなれば、さすがの私もにっこにこ顔はとっくに止めていた。

夫も司祭も何も言わないし、石碑にはっきりと刻まれていたわけでもないが、夫の目的は戦死者の弔いだろう。

そうか、夫はいつも花束を持って教会に来るのか。領主として、指揮官として。

馬車に乗り込む前に、振り返って腰を折り、深く頭を下げる。貴族女性としての礼を執るべきかも知れないが、今の私の気持ちとしてはこちらの方がしっくり来る。

馬車に乗る為の補助をしようとしていた夫と、見送りに出ていた司祭の息を呑《の》む気配。

だけど、二人は私の行動には言及せず、ある程度気が済んでから顔を上げた私に司祭は「またお越し下さい、奥方様」と微笑《ほほえ》んだ。


「……気を遣わせたようで、悪かった」

車中で、夫は気まずそうに低く詫びた。

私は首を横に振る。

「いいえ、……いいえ。むしろ私のような者が参って、あそこに眠る方々を不快にさせなかったか心配です」

素直にそうこぼすと、夫は少しだけ目を見張って私を見つめ、それから「まさか」と否定した。

「気のいい奴らだ。……粗雑な者が多いがな」

親しい者について語る時のエドゥアルトは、こんなに優しく話すのか。

私は喉が詰まったような心地になった。

それからは私の用事をこなす番となり、夫は私と共に馬車を降りて、裁縫道具を取り扱う雑貨屋に入る。

取り扱い商品が主に女性向けの雑貨屋なので、旦那様は興味ないでしょうから外で待っていても
らっても良いですよ～と言おうとしたら、雑貨屋の主人は初めて店にやって来たらしい領主を歓待し
だした。
貴族的な丁寧さはないけれど、親しみの中に確かな敬意を感じる。夫が領民に慕われているのがよ
く分かる。
夫が店の主人に捕まっている今のうちに糸を見ようか、と思ったが、ビシバシ視線を感じる。
領主が王女を娶《めと》ったことは、既に周知されているのだろう。
夫に対する眼差しとは比べるべくもない、それ。
今日は髪を結い上げ、大半を帽子の中に隠し、顔半分を覆いつつ、うっすら容貌が透けるくらいの
ベールを身に着けている。
帽子もベールも着けて来て良かった、と幾分ほっとした。何も遮る物がなかったら、この視線はど
れ程厳しさを増したのか。口元は覆われていないので、好意的ではないぶしつけな視線の中、口角が
下がらないよう必死だった。
ゆっくり色を吟味する余裕もなく、慌てて購入したのは黒と緑の色糸。
緑じゃなく紫だったらアルフレートの色だったのに、と気付いたのは、馬車に揺られ、屋敷の門に
入る直前。
他に買いたい物はないのかとも聞かれたけれど、疲れたからと言って早々に帰って来た。

ああ、早くアルフレートに逢いたい。なんだか無性にそう思っていた。

5

前世の価値観を持つ私は思う。

良いじゃん、白銀の髪に紫の目。ファンタジーじゃん。薄幸の美女の色じゃん。領民たちに恨まれてるのは私じゃなくて王家だもの。私が悪いわけじゃない。良識のある大人ならちょっと考えれば分かるでしょって。

今世を生きて来た私が嘆く。

こんなのいらない。この髪もこの目も、こんな色を持って生まれて来たくなんてなかった。どうして、私だけが。更には望んでもないのに私には王家の血が流れていて、それは今までもこれからも死ぬまで変わらない。きっと私はリディーツじゃなくても、この世のどこにいたって愛されることはないんだと。

アルフレートは自分の目の色をどう思っていたんだろう。

父譲りの髪色と整った顔の造形に、母譲りの不吉とも言われる紫の目を持つアルフレート。その目の為にアルフレートは敵から『黒の悪魔』とも呼ばれる。

小説でエドゥアルトは、元王女を母に持ち、王家の血の流れる息子アルフレートを使って王位を奪おうと企む。長い時の流れと共に積み重ねられた憤懣《ふんまん》を、無辜《むこ》の民の怨嗟《えんさ》を、アルフレートを使って晴らそうとする。

心優しいアルフレートは、父の企みを知り初めこそ真っ向から否定するが、領民の、それに留まらず国民の王家への不信と諦念、そして恨みつらみを知り、葛藤する。

小説に描写されていないだけで、アルフレートもこの色じゃなければ、王家の血さえ流れていなければ、と思ったことがあったんだろうか。

私の目と同じじゃなかったら。私の子供に生まれなかったらって。

私は推しに、こんな思いをさせるんだろうか。


「ユスティーナ様、こちらの色糸はお使いにならないのですか？」

ダニエラに尋ねられ、刺繍の練習をしていたことと、先日買ったばかりの色糸の存在を思い出す。

「そうね、それはまだ使わないわ。しまっておいてくれる？」

お願いするとダニエラは頷《うなず》きながら「旦那様のお色ですね。怪しい薬を使うよりよっぽど男性の心を動かすのではありませんか？」と微笑んだ。

私も軽く笑ってみせてから、手の中の練習用の布と針に意識を戻す。

しばらくその色は見たくないの、と素直に口に出すのは余計だろうなと思いながら。

夫から夕食を共にと誘われた。

嫌だな、と思った。アルフレートそっくりだというあの顔を見るのは今はちょっと遠慮したい気分。

少し前の私が聞いたらせっかくのチャンスを棒に振る気かと怒るだろうなと少し可笑しく思う。

具合も悪くないのに断るのも角が立つだろうと、ため息を吐いて「是非」と執事に伝言を頼んだ。


「調子はどうだ」

夫が私に当たり障りのないことを話しかけてきた。意外。そう言えば、この席を設けたのも向こうからだったなと思いながら「悪くありません」と返す。

終了。沈黙。

何故にそわそわした様子の使用人たちの視線を一身に集めているのだろうか。旦那様に失礼な口きくなってこと？　「おかげさまで」くらいは付けるべきだったたか。

でもなんか口を開くのも億劫《おっくう》っていうか。今他人を気遣う余裕がないっていうか。

「……最近部屋を訪ねて来ないな」

うん？　どういう意味かな、この台詞《せりふ》。

何の話をしたいのかしら。

多分「おかげで静かでよろしい」という貴族的皮肉ではないと思うんだ。言外に本音を匂わせるなんてこの夫が男女の会話でやるとは思えないし。

まあ、私この人のこと小説内で触れられてたことしか知らないけど。私に興味のない夫のことだから、ただの現状確認か？

「ええ、その節はお騒がせしてしまって申し訳ございませんでした」

分かんないし、とりあえず謝っときゃいいか。

夫は少し困った顔をしているようだ。なんとなくだけど。分かんないけど。

「何か困っていることはないか？」

「何も。おかげさまでつつがなく過ごさせていただいております」

ほら、君たちの旦那様に敬意を持った言い回しをしておいたよ。

これで良いでしょう？　何？　まだ駄目？

夫も使用人たちもなんでそんな目で私を見るの？　この髪色と目の色は今に始まったことじゃないでしょうに。

「医師を呼ぶ必要はないか？　体調が悪いなら無理をすることはない」

ああ、そうか。頭おかしい言動ばっかりしていた奴がなんか普通の受け答えをしているのが異常に見えるのか。なるほど納得。

「いいえ、必要ありません。お気遣いいただきありがたく存じます」

虐げられていた私だって最低限の教育は受けている。

偉い人と話す時の言い回しやマナーくらい、やろうと思えばできるんだから。ただの無礼な小娘じゃないってことだけ今日は覚えて帰って下さい。

まあ、今日は仕方ないとして、次の時にはこんな視線も向けられなくなってるといいな。次の機会があればだけど。


結論から言うと、夕食は毎日夫婦で囲むこととなった。

なんでや。こっちが追っかけてた時は逃げたくせに、追うのを止めた途端向こうから来るってどういうこっちゃ。

男は永遠の愛の狩人《かりゅうど》だからって？　やかましいわ。

何なのこの人。私に何を求めてるんだ。

「その後、刺繍の腕は上達したのか？」

会話も、多くはないがある。大抵向こうから振られる。無駄口叩かなそうなイメージなのにな。ていうか、刺繍？　そんなあなた全然興味ないでしょうに。

「いいえ、まだまだ未熟でお恥ずかしい限りです」

しかも私が下手《へた》だとどこから漏れた。ダニエラかな？　あやつめ。

「そうか。回数をこなせば少なからず技術も身に付くものだろう。糸は足りているか？」

「はい。気に掛けていただきありがたく存じます」

「……糸でなくとも、何か足りない物や欲しい物はないのか？　遠慮してはいないだろうか」

「遠慮だなんて。旦那様を始め皆様には普段から良くしていただいておりますし、足りない物も私がお願いする前に都度補充していただいておりますわ」

「そうか。……明日、私は視察の為に町に出る予定なのだが」

「そうなのですね。お気を付けていってらっしゃいませ」

「……ああ。土産《みやげ》は何が良いだろうか」

「そのようにお気遣いいただかなくても。どうぞお仕事に集中なさって下さいませ。私は何も」

うーん、この何か言いたげな視線はなんなんだろう。今日もグサグサ突き刺さる。

何か返答を間違えた？　少なくとも失礼な言い方はしていない筈。謙虚な態度で我《わ》が儘《まま》も冗談も言っていない。

せめてヒントが欲しい。何？　私の知らない所で最近貴族のマナーが変わったとか？　最新のマナーの本をおねだりすべきだった？　わっかんないわー。

――わからない。

生きていなければ、生まれて来なきゃ良かったなんて思わないってことは知ってる。

アルフレートがどう感じるかなんて私には分からない。でもそれって無責任ではないのか。

不吉と呼ばれ、うしろ指さされる色を彼に与えてしまう。それが分かっているのに、子供が欲しいと思っていいの？

アルフレートは、アルフレートだけが、ユスティーナを想って泣いてくれるのだ。

この世界でたった一人、彼だけが誰にも顧みられなかったユスティーナを見付けてくれる。

そんな人を、私のせいで悲しませたくない。背負わなくて良い物を背負わせて苦労して欲しくない。

産みたい。アルフレートしか私にはいないのだから。でも。堂々巡りでもうぐちゃぐちゃだ。分からない。

いっそ私じゃない誰かがアルフレートを産んでくれないだろうか。馬鹿げているのに、そう思う。思わずにいられない。

アルフレート、私の希望。あなたに逢いたい。でも、こわい。

ユスティーナじゃなければ良かった。どうして私エステルじゃないの。一人の異性として出逢い、愛せれば良かったのに。

アルフレート、私どうしたらいいの。

——たすけて

部屋の扉がノックされた。

誰だろう。ダニエラには一人になりたいとお願いしてるし、執事には具合が悪いから今日の夕食はいらないと伝えてある。

誰にも会いたくない気分なのに。アルフレート以外は帰って欲しい。

「……はい」

「具合はどうだ」

深みのある低い声。初めて聞いた時あまりにイメージ通りで驚いた、エドゥアルトにハマり過ぎな声。

扉は閉まったまま、外から声だけが掛けられる。

当然だ。こちとら妙齢の女性ぞ？　責任を取りたくないエドゥアルトが私しかいない部屋に入って来るわけがない。

少しだけ笑えた。エドゥアルトが通常運転過ぎて。

「ご心配をおかけして申し訳ございません。寝ていれば治るかと」

「………………入っても良いだろうか」

え？　幻聴？

今入室の許可を求められなかった？　エドゥアルトに？　夢かな？　ついさっき通常運転かよって思ったとこなのに。

混乱していたら催促のように扉をノックされた。

「……そういえば君は、ノックはするが入室の許可を取ったことはなかったな」

ええまあ、だって絶対許可されないでしょうし。入った者勝ちっていうか。

「ならば、私もそれに倣おう」

は？

目ん玉飛び出るかと思った。だって本当に何も言ってないのに扉が開いたから。

え、誰これ？　エドゥアルトじゃないの？　エドゥアルトの皮を被った誰かなの？　これ。

え？　なんで？

6

おまわりさーん！

私は内心で叫んだ。

男が勝手に私の部屋に！

男との関係？　夫婦です。ええ、私の夫です。少なくとも書類上は。

現場？　屋敷内の私の部屋です。ええ、普段から同居してる……厳密には夫の持ち家の……自由に使って良いと与えられている部屋ですね……。

ＤＶ？　まさか。エスコート以外指一本触れられたことがありません。いつも何かと気遣われているのは感じています……。まあ、私の実家のせいだとは思いますが……。

相手が興奮していて危害を加えられそうな様子はあるかって？　いいえ、いつも通りの無表情さですし、声を荒らげる様子もなく、距離も保たれているし、異常な点は見受けられませんね……夫が妻の部屋を訪ねて来たという行動しか異常じゃないです……。

あっ、待っておまわりさん！　家庭内のことですので後はお二人で話し合って下さいじゃないんですよ、おまわりさん！　おまわりさーん！！！

「具合はどうだ。医師を呼ぶ必要は本当にないのか？」

鼓膜を揺らす低い声に、私は脳内の茶番から現実に引き戻された。

「え、ええ。大したことはないので、寝ていれば大丈夫です」

「……その割には横になっていないようだが」

「……これからなるつもりだったんです」

お母さんにいつまで遊んでるの、早く宿題やりなさいと叱られた子供のような返事をしてしまった。

気分も、ほぼそれに近い。

夫が、エドゥアルトが私の部屋にいる。なんぞこれ。こっそり右手で左手の甲をつねってみたが、普通に痛い。夢じゃない。意味が分からない。おまわりさん助けて。

「ええと、あの、旦那様。何か私にご用でもございましたか？」

私、何かした？　を迂遠に問うてみる。

夫は一瞬、考えるように私から目を逸《そ》らし、すぐに戻した。

「今日、町に下りてな」

「ええ、はい」

「土産がある」

「……それはわざわざ、どうも？」

生モノか？　生モノだから大至急渡さなきゃいけなかったのか？　妻の許可を取らず部屋に押し入ってまで渡さなきゃいけない物なの？　前世の賞味期限●秒的なヤツ？

普通に戸惑いを隠せない。何でそんなのお土産にしようとするかな。

ソファに座る私のもとに、扉の前からその長い足でつかつか歩いてきたエドゥアルトはおもむろに拳を差し出した。

え、生モノ握り締めて来たの？

恐る恐る両手を差し出した私の手のひらにそっと置かれたのは、ぱっと見ブローチだった。

………生モノじゃ、ないな？

矯《た》めつ眇《すが》めつしながら、そう結論を出す。

触感も硬くてツルツルしてる。何も考えずに口に入れたら歯が欠ける恐れがある。

ぱっと見ブローチの、実際ブローチだな？　これ。

なんで？？？

私は両手を差し出しつつ座ったまま、目の前に立つ夫を見上げる。説明が欲しい。真剣に。

夫はいつも通りの無表情。……でも心なしか、眉尻が下がっている気がする。困ってる、みたいな。

いや本当になんで？　むしろ私の方が困ってますが？

理解できなくて若干イラッとする。

夫は何を求めている？　妻にお土産を買ってきた。妻に渡した。妻は沈黙したままこちらを窺《うかが》っている様子。

…………………。

「このような立派な物をいただけるのですか？　ありがとう存じます」

とりあえず礼を言ってみた。

そうだ。衝撃的過ぎて人としての礼を欠いていた。あぶないあぶない。

「……立派という程の物でもない。以前貴女と行った雑貨屋で求めた」

まあ、そうだろう。チープという程でもないが、触るのをためらう程高価そうというわけでもない。

宝石があしらわれているわけでもないし。

金属の土台に、乳白色の背景、中心に楚々《そそ》とした花が数輪描かれている、おとなしめのデザイン。

貴族向けの高級品を取り扱うお店でもなかったから、余裕のある庶民のご婦人向けの品だろうと思われる。

「旦那様から初めていただいた物ですもの。大切にいたしますわ」

プレゼントというものは値段ではなく気持ちですからね。

それは良いとして、やっぱりどうしてこれを私に至急渡さなければならなかったのかは、さっぱり分からないが。

「……リディーツには、高価な宝飾品を取り扱う店はない。行商なり他所から呼び寄せるなりしない限りは物も人も来ない」

ふぅん、そうなんだ。私は軽く頷いてみせる。

安全とは言い難い辺境だものね。高価な物を取り扱っていたら、有事にヒャッハーな目に遭う可能性も他より高くなるだろう。そうでなくても領主からして経済的に豊かな土地ではないし、店を出すのに適しているとは思えない。

あ、でもこんなに山があるならどこかで宝石とか採れたりしないのかな。戦が絶えないせいで鉱脈を探して採掘する暇もないのかも知れない。

私が一人納得していると、夫はやはり困った顔をしていた。

何か迷ってもいるような……？

なんだろう。そういう事情だから高価な物をねだってくれるなって話？

「……私の母は、若い頃に父からもらったというアメジストの指輪を大切にしていた。母の誕生石だったらしい。常に身に着けていた」

え、はい。なんか昔話が始まった。

「知っているだろうが、リディーツは贅沢品とは無縁の場所だ。母も多くは宝飾品を持っていなかった。母が最期まで大事にしていた指輪だったから、今は母と共に墓石の下にある」

うんうん、素敵なお話ですね。タイミングは突拍子もないけど。

「……私は、母のアメジスト以上に美しく輝く物を見たことがない。貴女の目を見た時、あのアメジストを思い出した」

息を呑み、吐くのを暫し忘れた。

美しい思い出話に、突然自分が出て来た。びっくりした。

え、待って、私今褒められたの？　夫に？　エドゥアルトに？　亡き妻なんか、虫けら相当の扱いだったあのエドゥアルトに？

不吉だとしか言われてこなかった、この目を？

思い出した呼吸を、細く繰り返す。

喉が震えている。鼻の奥が痛んだ。息を止めていたせいだろう。

「貴女に何か土産をと考えた時、あのアメジストが浮かんだ。だが、あれ程の品がすぐ見付かるとも思えない。商人も今はいない。だから、代わりと言っては何だが……その花も、貴女の目の色だから、と」

ブローチに描かれた花は紫のスミレだ。

この人は、その花言葉を知っているんだろうか。私の知識も前世のもので、今世では全然違う意味があるのかも知れない。それでも。

信じてみたかった。この人の言葉は真実だと。

おべっかでもなく、誤魔化したり騙そうとしたりしているのでもない。

私の目を見ると、親しい人たちの愛情を思い出すのだと。自分が今まで見た中で最も美しい物と同等の物を私に贈りたいと思ったのだと。

……私の目を、褒めてくれた、はじめてのひと。

きっと、私が産んだアルフレートの目を見ても、美しいと思ってくれると信じたい。

アルフレートが自分の目を疎ましいものと感じた時、今度は親として同じ話を息子にしてくれると。

私の握り締めた手の中の、『誠実』の意味を持つ花のブローチが証左になったら良いのにと、願いながら私は声を上げて泣きじゃくった。

どうか、どうか。私の喜びを、救いを、感動を、アルフレートも感じてくれますように。

無表情ではつくろえない程焦った夫を見たのは、初めてだった。

7

「ど、どうか、お許し下さい……」

「それはこちらの台詞では？　あなたはいつになったら私に心を許してくれるの」

まだ日も高い時間。人気のない廊下で向かい合う男女。両腕を壁に突いて、その間に相手の身体を閉じ込める。所謂《いわゆる》壁ドンだ。

男は耐えきれないと言うように口元を歪《ゆが》め、女はそんな男を睨《にら》むようにして見上げる。

「こんな所、誰かに見られでもしたら……」

「困ったことになるのはどちらか。分かっているのなら、早くその口で私の欲しい言葉を聞かせて？」

「そんな……」

「さあレネー、答えなさい。……旦那様の好みの女性のタイプは？」

「お許しを。あなた様からのご命令であっても、私の口からそのような重大事項をおいそれと明かすわけには参らないのです。たとえこの身を無理に暴かれたとしても、何人たりともあの方に捧げた私の心までは暴くことはできないでしょう……！」

「はん！　それならお望み通りあなたの身体に聞くとしましょうか！　いつまで耐えることができるか見物でしょうね！」

「嗚呼《ああ》！　どうかこのようなこと、もうお止め下さい……！　私には田舎に残した足腰もまだ現役のとても健康な母が……」

「………何をしているんだ、お前たち」

部屋から廊下を覗き込むようにしている夫、エドゥアルト。

人気のない廊下で夫の副官を壁に押さえ付けて尋問している形の私と、私の両腕の間から夫に笑顔で手を振るノリのいい副官、レネー。

エドゥアルトはその光景に、頭痛を堪えるような顔をしていた。

いやぁ、何か盛り上がっちゃって、つい。


リディーツ領兵の制服を着た、明るい麦わら色の髪の男。

覚えていらっしゃるだろうか。私が執務室に初侵入した時、夫と共に部屋にいた人物である。

名をレネー。子爵家の四男で、エドゥアルト・バルトシェク辺境伯の右腕とも呼ばれる、リディーツ領兵隊のナンバーツー。

小説ではそれに加え、アルフレートの文武の武の方の教育を担った男だ。

無愛想、無表情、家族に関心がない、ついでに息子を道具として王位の簒奪《さんだつ》なぞ企むエドゥアルトのもとで育ったアルフレートがどうして朗らかかつ真っ当に育ったかといえば、この男の影響が大きい。

明るく剽軽《ひょうきん》な性格のムードメーカー。但し剣の腕は国でも指折りと言われ、主であるエドゥアルトに絶対の忠誠を誓っている。だからこそ跡継ぎであるアルフレートにも真摯に接し、エドゥアルトの企みを知りながらも簡単に傀儡《かいらい》とならぬような、逆境をはね除ける人間性を持つように育て上げた、第二の父とも師とも呼べる存在。

アルフレートの味方なら我々は同志。つまり、私の味方ってことで良くない？ と、エドゥアルトの個人情報を吐かせようとちょこちょこ接触しているのに、こやつ全然口を割らないのだ。私の味方とは一体何だったのか。

「私は何もしておりません。勿論レディに指一本触れてもおりません。ユスティーナ様が嫌がる私を無理矢理……」

レネーがいけしゃあしゃあと言ってのけるので、私はすぐさま右手を挙げた。

「異議あり！　レネーは嫌がる演技で女主人の私を煙《けむ》に巻こうとします！　とてもレディに対する紳士の態度とは思えません！　再教育を上申いたします！」

「ちょ、止めて下さいよ！　再教育とか兵士のトラウマを刺激するのがレディのやり方ですか⁉」

「双方黙るように」

エドゥアルトのいつもより一段低い声に、すん……と私とレネーは同時に口をつぐんだ。

声もそうだが、雰囲気も常のものより些《いささ》か威圧的だ。

レネーのせいだ。きっとそう。

「……こんなことは言いたくないが、貴女は男であれば誰でも良いのか？」

「まさか、男であれば誰でも良いだなんて！　私は旦那様との間にできた男児しか望んでいません！誰でも良いだなんてひどい侮辱です！」

私の心からの叫びに夫はこめかみを押さえながら黙ってしまったし、レネーは突然室内に現れた珍獣でも見るかのような目で私を見ている。

「……なら君は何の為にコレに接触したんだ」

あら、君ですって。珍しい。いつも貴女って呼ぶのに。

ついでにコレ呼ばわりされたレネーざまぁ。

「ユスティーナ様はいつも私に旦那様が好ましいと思う女性のタイプを教えろとしか仰《おっしゃ》いません」

「旦那様。やはりレディが二人きりの場で話したことをぺろっと喋ってしまうレネーには再教育が必要かと。何なら私の手ずから教育し直してやりますが」

私とレネーは隣同士で睨み合った。

この口の軽いお調子者めが。それが敬愛する主の妻に対する態度ですかねェ？

「……今更私の異性の好みなど知ってどうすると？」

「旦那様がムチムチのわがままボディがお好みと言うなら、まだ私はその域に達していないので、閨《ねや》では服を着たままにしようとか、対策を立てられるではありませんか」

夫は両腕で頭を抱えて項垂《うなだ》れた。隣のレネーは床で笑い転げている。

傾向と対策は重要ではないか。解せぬ。


夕食は毎日共に囲んでいる。会話も以前よりは格段に増えたし、私たちの距離は精神的にも物理的にも確実に近付いたと言える。

子作りをするには機が熟している筈だ。

だのに、何故！　我々はまだ清い関係なのか⁉

「もう、旦那様の寝室に侵入するしかないかしら」

「追い出されるんじゃありませんか？　普通に」

ダニエラは今日も私に厳しい。彼女も雇用主である夫の味方である。孤立無援の完全アウェー。

ちょっと小説のユスティーナに話を聞きたい。どうやってあのエドゥアルトを、ベッドに引きずり込んだのだろうか。

ひょっとしてユスティーナってただの深窓のお姫さまじゃなかったの？　全年齢小説だからその辺語られなかっただけなの？　教えてユスティーナさん！

私は空を見上げて深くため息を吐いた。

不健康さを脱する為にも軽い運動を続けている。今日はダニエラを連れて庭を散策していた。

庭と言っても貴族邸の庭としてイメージされるような、四阿《あずまや》があったり散策路が整備されていたりといった優雅さはない。一部は花を植えて手を掛けているが、バルトシェク邸の庭は私の感覚としては「林」である。

庭師の手が入っており「自然林」でないことは説明されたが、私的にはさっぱり違いが分からない。実は「森」ですと言われても特に異論はない。ただ木が林立しているから「林」と判断する、という次第である。

そして中々に広い。迂闊《うかつ》に奥まで行くと迷子になりそう。なので私は庭を散策する時は一人にならないことにしている。

……正直一人だと迷子になっても捜索してもらえないのではと疑っています。我、領主夫人ぞ？

再びため息を吐きながら、木々の間から見上げた空から視線を戻す。

その時、視界の隅で何かが動いた。

ここは林なので小動物がいても驚きはないし、実際鳥やらリスやら見たこともあるのだが、今回のそれは人間だった。

クマとかじゃなくて良かったとこっそり安堵《あんど》する。林である前に領主の家の庭なんだけれども。

庭師であれば遠くからでも会釈くらいはしてくれるものだが、その人は黙ったままこちらに近付いてくる。領民たちと似たような格好をしているし、こちらの方に用があるのだろうかと呑気《のんき》に思っていたら「どちらの方でしょうか」とダニエラが硬い声で誰何《すいか》した。

ダニエラも知らない顔らしい。

嫁いで来てから一年も経っておらず、ほとんど屋敷から出ない私の知らない顔などごまんといるだろうが、バルトシェク家で働いて五年程になるらしいダニエラの知らない顔に庭で出くわすとなると意味合いが変わってくる。

私は警戒した。誰何にも答えず、黙って歩み寄って来る男を。

「その場に止まりなさい、聞こえないの？」

私の声も険を隠していない。だが、その声に反応したように男は止まった。

私たちとの距離は五メートルもないだろうか。

「……何かご用ですか」

慎重に問うたつもりだが、ダニエラに横目で非難がましい視線を向けられた。いや、でも、だって。

「ユスティーナ・バルトシェクだな」

男は質問には答えず、私を見据えたまま初めて声を上げた。

これはまずい。

後退《あとずさ》りたくなるのを必死に耐える。少しでも動いて男を刺激することが怖くて。

だって言い方が問いの形ではない。確認だ。そして私が誰かを知りながらこの態度。

王宮で侮られ、蔑まれながら生きて来たが、これは今までとは違う。

己の中に警報装置があるなら、それは今最大級で鳴り響いていた。

生命の危険あり、と。

8

「わたくしに、何か、ご用がおありなのですか」

意識しても、声が微《かす》かに震える。それが幾分恥ずかしく、悔しかった。

男は無言のまま一歩踏み出した。私とダニエラ、二人共がビクッと反応してしまう。

そんな私たちを見て男は笑ったようだが、それを悔しく思う余裕はもうなかった。

「ユスティーナ・バルトシェク。お前には死んでもらおう」

「――ッ、ダニエラッ！」

声が出て良かった。それがどれ程みっともない声であっても。

それを合図に私とダニエラは、揃《そろ》って踵《きびす》を返し走り出す。

林の浅い所をウロウロしていて良かった。屋敷に向かう、開けた場所はすぐそこだ。

だけど相手の狙いが私なら、私たちはバラバラに逃げた方が良いのだろうか。そうすれば、少なくともダニエラは助かるのでは？　でも必死に走る中、なんて言って伝えれば良い？　そもそも男は一人なのだろうか。他に仲間はいない？

目まぐるしい。景色も、私の頭の中も。

ぐい、と背後に引っ張られる感覚。「ユスティーナ様！」と私を呼ぶダニエラの悲痛な叫び。

「走って！」私も叫んだけど、ダニエラに言ったのか自分の足に言ったのか分からない。

私、死ぬの？　嘘だ。だってまだアルフレートを産んでない。物語はどうなるの。エステルは、アルフレートは。

だって、そんな、嫌だ。嫌だ嫌だ嫌だ嫌だ。

わたし、まだ、

「エドゥアルト！」

どうしてアルフレートのことを考えながら、夫を呼んだのか分からない。

何もわからない。だから。

「ユスティーナ！」

エドゥアルトの声が聞こえて、大きな音がして、誰かの叫び声がして。いっぱいの足音が静かな林に響いて。

そうして気が付いた時には、夫の腕の中だった。強い力で抱き締められて、固くて、温かくて。

見上げれば翠の目が私を心配そうに見下ろしていたから。

ああ、もう大丈夫。

そう思ったら意識が遠のいた。


目が覚めたら自分の部屋のベッドの上で、ダニエラに泣いて喜ばれた。

ダニエラに怪我《けが》がなくて、私もほっとした。そう言ったらダニエラの涙は引っ込んで、「旦那様の部屋に忍び込む前に、もう少し速く走れるよう特訓しましょう」と真顔で返された。

ちょっと見過ごせないレベルでとろかったらしい。こっちもかなり必死だったんですけどねぇ。

「あの男はどうなったの？」

起き上がり姿勢を正して尋ねるが、ダニエラは首を横に振った。

「分かりません。あの時すぐに旦那様と領兵たちがやって来て、制圧後領兵に囲まれ連れて行かれました。旦那様はユスティーナ様を部屋までお運びくださり、後を私に託すとそのまま出て行ってしまわれました」

「そう……それにしても、どうして旦那様はあんなに早く駆け付けられたのかしら。近くにいらっしゃったの?」

「敷地内は領兵により定期的な巡回がされていますし、庭は籠城した場合を想定して様々な実がなる木や茸《きのこ》が生えています。それらが実際食べられるかどうかや採集方法を不定期に領兵たちを集めて講習していますので、今日はその日だったのかも知れません」

「……それ、旦那様もやるの?」

「勿論、旦那様の庭ですもの」

夫の意外なサバイバル能力を知った。

お茶を飲みつつ情報を交換したりとのんびりしていたら、珍しいことにレネーがやって来た。

さすがお気遣いの紳士。お見舞いとはありがたい。

そんな風に呑気に呼び入れたら、困った顔をしたレネーに爆弾を落とされた。

「閣下が王家を相手に戦争するって言ってますけど、どうしましょう?」

「なんでよ!?」

完全に素で返してしまった。

「旦那様！　旦那様⁉　お気を確かに‼」

私は急ぎ夫の執務室に向かい、夫にしがみついて懇願した。

夫は私をしがみつかせたまま（すぐに引き剥がされそうになったが、決して夫の服から手を離さなかった）、レネーに渋い顔を向ける。

「だってユスティーナ様の実家でしょう。話し合っといた方が良いと思いますよ。朝起きたら夫が実家を攻め滅ぼしてたって絶対ただじゃ済みませんもん。それに後から知ったユスティーナ様の反応を考えると、事前に言っておいた方が圧倒的に平和ですって。閣下だって王家と戦争した直後にユスティーナ様と戦争したくないでしょ？」

お気遣いの紳士ィ……！

私は夫に二の句を継げなくさせたレネーに感謝の視線を送る。

レネーはいつものようにドヤ顔することもなく、私に頭を下げ、「閣下をお願いします」と言ってから執務室を出て行った。

……うん、これ気遣われたのは私じゃなくエドゥアルトだな？　さすがエドゥアルトに絶対の忠誠を誓っている男。

複雑な気持ちでレネーが出ていった扉から、夫に視線を戻す。

夫も複雑そうな顔をしていた。

「……私を殺そうとあの男を送って寄越したのは、王家だったのですか？」

気を取り直し、執務室のソファに座り、ローテーブルを挟んで向き合う。

夫は不服そうな顔で首肯した。

何故そんなことを？　と私は首を捻《ひね》る。

私がぶっ倒れている間に夫が下手人を突ついた（多分そんな生やさしいものではないだろうけど）ところ、失態の末に誠意の証として末端とはいえ姫を差し出すというパフォーマンスをさせられたことを恨みに思っていた王家としては、大事な姫を守り切れず、忍び込んだ不逞《ふてい》の輩《やから》に敷地内で命を奪われるなんて何が軍神かとあげつらい、現在のパワーバランスを元に戻したかった的なことを吐いたそうだ。

馬鹿じゃなかろうか。

「もう、何と言ってお詫びを申し上げれば良いか……」

「貴女と王家との関係性は此度の件でよく理解した。何も謝る必要はない」

「そう言っていただけるとありがたいのですが……このままでは済ませない、と思ってらっしゃるのですよね？」

夫は答えず、目を逸らした。

「申し訳ありません……」

「謝る必要はないと……」

「いいえ、私がいることで実際に迷惑をお掛けしていますもの」

私という汚点を、王家はリディーツに押し付け、更には瑕疵《かし》にしようとした。

本当にクソだ。

王家が認めそうもなく、離縁はできない。エドゥアルトとしては私をどこかに閉じ込めて隠してしまうのが一番手っ取り早いだろう。

それか、もうこちらで命を奪って、死因を適当にでっち上げればいい。

歪む口元が抑えられない。まったく楽しくもないのに。

ああ、小説のユスティーナ。あなたはどうして亡くなったの？

こんな最高に最低な人生を、あなたはどう思っていたのだろう。

「ユスティーナ」

「はい」

エドゥアルトが私を呼ぶ。

あ、そうだ。どこかの別邸とかに閉じ込める前に、私にアルフレートを与えてくれないだろうか。

そうすれば私も心置きなく閉じ込められて……

「貴女はどうしたい」

「…………え？」

予想外の言葉だった。そして、そんなこと生まれて初めて聞かれた、と気付く。

「此処に留まるなら何をしてでも守る。あまりお勧めはしないが、王家に戻りたいならこちらも手を尽くそう。……命を狙われた、今後もそうかも知れない立場で貴女は何を望む？　夫として、貴女のしたいようにさせよう」

まっすぐ私を見つめる目。気遣うような眼差し。

私の意思を、確認してくれた。

ああ、この人は、また。

どれだけ私に与えようというのか。どれ程私が。

「わたし、……私は」

喉が詰まる。胸が痛い。視界が滲《にじ》む。

「私、……あなたの妻でいたい……」

ぽろりと涙が頬を転がった。

私の望み。私の希望。少し前まで、アルフレートさえいてくれれば良かったのに。どうして私こんな。

「好き……」

ごめんなさい、私の望みはリディーツにとっては迷惑でしかないのに。

ごめんね、ごめんなさいアルフレート。私には、あなたしかいなかったのに。

望んでしまった。欲してしまった。誤魔化すこともできないくらいに。

堪えきれず閉じた瞼《まぶた》の裏で、アルフレートが笑った気がした。

9

私の小さくしゃくりあげる音だけが響く室内。

両手で顔を覆い、俯きながら内心は大パニックである。

何言った!? 今何言った私!! そこまで聞いてませんけど!?

あああ～なんか自覚したと同時に色々なものがあふれたというかこぼれたというかポロリもあるよ、しちゃったというかぁ～!

なかったことにしたい! 自分でもわりと引くくらいあっさり好きになってしまったことも、それを意図せぬまま勢いで本人にゲロったことも、私がしょっぱなから子作りを迫ったことも、ついでに王家の存在も、全部まるごとなかったことにして欲しい!!

いや、好きになったこと自体は後悔してないし、しょうがないと思うのよね。イケメンに優しくされて好きにならない奴なんておるんか? って話よ。ましてや相手は私ですよ? 自慢じゃないけど、生まれてこのかた人に優しくされて来なかった私ですもん。惚《ほ》れるなって方が無理じゃない?

あ～でも今じゃなかった。どう考えても今じゃなかったな～? もっと別のタイミングがあったよな～！

絶対にエドゥアルトの記憶を殴打なりして消してから花畑とか夜景とかを背景にロマンチックな路線で行くべきだった。ないわ～。子作りしたいですからの好きですって、ないわぁ～。順番がイカレてるわぁ～。

……聞こえていませんでしたってことには、ならないだろうか。どうかなって欲しい。嗚咽にまじってよく聞こえませんでしたって。言って！　言ってちょうだいエドゥアルト!!

ていうかエドゥアルト的にはどうなの？　ちょっと優しくしたら勝手に盛り上がって勝手に告白して来て勝手に泣き出して何だこいつウゼえとか思われてたら今ドンドコ忙しい心臓が急停止する。間違いなく息の根が止まってしまう。待って、本当に待って。アルフレート、せめてアルフレートに逢ってから死にたい。でもアルフレートを産む為に何をするかっていうとナニをするわけで、それも今なら確実に致命傷になるんですけど。エドゥアルトが絶対に致死量なんですけど。闇のエドゥアルトなんて猥褻物《わいせつぶつ》見てしまったら目からの刺激だけで死ぬ。助けてアルフレート。母上は一体どうしたら
「……ユスティーナ」

「ひいっ……」

名を呼ばれ、喉がひきつる。

何そのイケメンボイス。やめて耳も容量過多で死ぬ。

「……その」

駄目よ私。これ以上聞いては駄目だし言わせても駄目。ていうかもう心臓が限界。一度戦略的に撤退してから改めて――……そう思いながら腰を上げ、同時に膝がかくんと抜けた。

は？？？　なんで？？？？

ちょっと真面目に己の膝に問いたい。何？　日中のダッシュの影響が？　今そんな場合じゃないよね空気読んで？

ローテーブルを挟んで向かい合っていたとはいえ、エドゥアルトの行動は早かった。

私はエドゥアルトの腕に支えられ、無様に床に転がり、最悪の場合ローテーブルに顔面を打ち付けることは避けられた。

私の尊厳は守られた。だが私の心臓はもういっぱいいっぱいです。

「だっ、おっ、はわっ」

旦那様、もう大丈夫ですからお放し下さいと言おうとしました。本当です。信じて下さい。

脳の指示を舌が完全に裏切った。許すまじ。

「……貴女でもそのような顔をするのだな」

どういう意味だ。そしてせめてもの情けで見ないで欲しいし、思ったとしても口にしないで欲しい。

私は涙で歪んだ視界でエドゥアルトを睨んだ。プルプル震えていて、きっと怖くもなんともないだろうけど。

エドゥアルトはまじまじと私を覗き込んでいる。

あ、駄目。涙の膜越しでもイケメン……。顔面打ち付けてなくても鼻血出そう……。

ていうか近くない？　ローテーブルに乗り上げてるじゃないですか、マナー違反です旦那様。私のせいだけど。

「……だんなさま」

もう勘弁して下さい。そう言おうとした。全面的に白旗をあげるつもりだった。私のライフはゼロよ。

見上げた視界の中のエドゥアルトが笑った。

ふっ、て感じで軽く。ちょっと男くさくて非常に格好良かった。

え？　ていうか笑った？　エドゥアルトが？

呆気《あっけ》にとられているうちに、近付いてきた顔が、焦点が合わなくなって、顔がよく見えなくて勿体ないと思っているうちに、唇にふに、と何かが触れる。

……………………は？？？

焦点が合う距離に戻ったエドゥアルトがやっぱり笑ってて、笑いながら私の髪を耳に掛けて、そのまま頬に触れて、なぞるようにして顎に手を掛けて、角度を調節するように持ち上げて、それからまた焦点の合わない距離まで近付いて、もう一度唇に何かが当たって、離れて、吐息が当たって、今度は温かくて湿ってて弾力性のあるものが唇を撫《な》でて、そして――……

「猥褻物陳列罪イイ！！！」

私は力の限り叫んだ。

正気に戻る前、放心してしばらく好きにされていた唇がジンジンしていて、猛烈に恥ずかしくて、胸の中がモヤモヤソワソワグニャグニャ堪《たま》らなくて、とにかく叫ぶしかなかった。

エドゥアルトはとてもビックリした顔をしていて、ちょっと、いやだいぶ、すごく、可愛かった。すんごく可愛いけれど、網膜に焼き付けながらでも言ってやらなければならない。ここで負けるわけにはいかない。頑張れ私。絶対に負けられない戦いがここにはある。なんせ己の生命がかかっているのだから。

「ご、ごご誤解があるのかも知れませんが、私はれっきとした、しょ……お、乙女です！」

「ああ、承知している」

「だ、だとすれば、仮にも執務室で、このような……！」

「……接吻《せっぷん》しかしていないが？」

「しか!?　完全に続きを匂わせるようなやり口でしたが!?　エロスしか感じませんでしたが!?」

「嫌だったのか」

「いや！　…………では、ありません、けど…………そういうことではなく！　節度を！　ですね!?

そして相手が素人《しろうと》である、ということを今一度しっかりと肝に銘じていただいてから」

「寝室なら良いと？」

「そういうことじゃないですけど、そうですね!?」

「なら、次は寝室へ呼ぼう」

「そうして下さ…………はい?」

呆然と見上げた先の大人の男の色香と余裕は、私の息の根を完全に止めた。

私は敗北を噛み締めつつ自室へ戻った。

…………逃げ帰った、ともいう、かも知れない。

10

「貴女の産んだ子供は王家の血をひくことになる。己の面子《メンツ》の為に降嫁させた姫の命を狙うような現王政が、今後も続いて欲しいと願う者の方が少ないだろう。見返してやろうとは思わないのか?」

「思いません。見返してやろうというか呪われろとは思わないでもないですが……。旦那様、あなたは王になりたいのですか?」

エドゥアルトが大事な話として私の意思を確認してくれたので、私も念の為聞いてみた。

小説の中でアルフレートを使った王位簒奪を目論んだエドゥアルトだが、そこに私利私欲はほとんどなかった。

ただ――……

「自分が王になりたいとは思わない。ただ、子供が生まれたら、それも貴女の希望通り男児であれば、王位を手中にする為の駒が揃った状態ではある。時期としても悪くはない。相手は国で一番難攻不落である筈の物だ。己の実力を試してみたいと思わなくはないな」

なんというか、好戦的なのだ。軍事的にも、政治的にも。

侵攻されても、し返すことをよしとしない国の長年の意向により普段防衛戦しか許可されていないので、フラストレーションが溜まっているのかも知れない。

オラもっと強え奴と戦いてぇの精神か。私にはよく分からないし、小説では穏健派のアルフレートも理解しきれていなかった。

とりあえず、私は口を尖らせ抗議する。

「自分の子を駒扱いしないで下さい」

「すまないな。手元に在るものをどう動かせばどんな結果をもたらすのか考えるのは習い性となっているんだ。それに我が子に与えるならより良いものをと考えるのは、おかしくないだろう？　もし選択できるのであれば、多くの者が辺境伯位より王位の方が良いと答える筈だ」

うーん、それはそうかも知れないけど。

「……子供自身が望まない場合はどうするのです」

妻である私の望みは聞いてくれたのに、息子の望みを無視するというのはちょっと納得がいかない。

目の前のエドゥアルトが、小説のようにアルフレートに強制したりするのだろうか。

「望むだろうさ」

「どうして？」

「自分が王位に就けば、少なくとも母の命を狙われることはなくなる。俺の子がそれを望まない筈がない」

んぐっ……！　い、今のは心臓にダイレクトアタックされた。

私は胸を押さえながら深呼吸を繰り返す。

頑張れ私の心臓。まだ止まる時じゃないぞー。

「納得がいったようだな。では、ユスティーナ」

「な、なんでしょう」

「服を脱げ」

私の心臓は一瞬止まり、脳内では『有罪』の紙を掲げた人がダッシュで通り過ぎて行った。

「君は私の子が欲しいと言っていた気がするんだが？」

エドゥアルトが私を見下ろし、詰《なじ》る。

詰るというか完全に皮肉だ。嫌味だ。投げたブーメランがぶっ刺さってる私を、それ見たことかと呆《あき》れている。

だが私にも言い分はある。

「旦那様の手のひら返しに付いていけないだけです！」

どうなってるんだ。ついこの間まで我々の間にはマリアナ海溝のごとき距離があったじゃないか。その溝を埋める為に私がどれだけ頑張ったか。

それに、人の上に立つ者として短期間で翻意するとは如何《いかが》なものか。よろしくないんじゃないですか。よろしくないと思う。よろしくない筈がない。

「手のひら返し？　私は過去にも抱かないとは一言も言っていない。そもそも己の妻を抱くことの何が悪いのか」

ンギィ。私は内心で奇声を上げた。

イケボで抱くとか抱かないとか至近距離で言わないで欲しい。

ベッドの上で私は悶《もだ》え転がった。正確には転がりたかったが、私の頭を挟む形でベッドに押し付けられている両腕に阻止されたのでただ身悶えた。

そう、ここ、夫婦の寝室。夫婦のベッド。そして夫と私、二人きり。

とうとう私は客間を脱したのだ。この客間からの卒業！

過去の私〜！　ついにエドゥアルトの寝室に侵入どころか夫婦の寝室を手に入れたぞ〜！　やったぜ！　俺たちの戦いはこれからだ！　ついでに嬉し恥ずかしベッドドンだよ！　キャーッ！

何だよベッドドンって。ベッドに押し倒されてるだけだろって？

ギャーッ！　やめて冷静に現状を指摘しないで！　恥ずか死ぬ！

「さて、妻よ」

エドゥアルトに！　妻って呼ばれた！！！

私はエドゥアルトを見上げる。どんな顔で妻と呼んだのか、その表情を拝まねば！　今日は二人の妻記念日!!

「そろそろ覚悟はできたかな？」

最高に雄って感じです本当にありがとうございました。


うっかり気持ちを告げてしまい、うっかりキスされ、うっかり言質を取られ、逃げ帰ってしまったあの日の翌日、夜に寝室へ来るよう旦那様が仰せです、とすました顔で執事が告げてきた。

あの時のダニエラの顔が忘れられない。二度見された。執事が出ていった後は「旦那様に何飲ませたんですか!?」と肩を掴まれ揺さぶられた。我、辺境伯夫人ぞ。

何も飲ませていません、怪しい薬も入手していませんとこんこんと説明し、説明している間にダニエラは侍女として私をピッカピカに磨き上げ、ツヤツヤになるよう塗り込み、ヒッラヒラの下着を着せて、いってらっしゃいませとエドゥアルトの寝室の扉の前の廊下で頭を下げた。

すごい。逃げ場なし。

初めて夫の寝室へ足を踏み入れた私は、傍《はた》から見たら生まれたての小鹿のようだったことだろう。

そんな私にエドゥアルトは首を傾《かし》げながら今日と同じようなことを問うた。

子供を作りましょうとあれ程積極的に迫って来たのは何だったのか？　って話だ。

仕方ないじゃない！　乙女ですもの!!　緊張くらいします!!　とやけくそに答えると、「君がか……？」とか何とか言われた気がする。

それを拾っては初夜どころじゃなくなるのは分かっていたのでスルーした。感謝して欲しい。

スルーはしたが、拗《す》ねた私に、エドゥアルトはわかった、と頷いた。

「ならば、まずは慣れよう。無理矢理するのは趣味じゃない」

「…………はい？」

エドゥアルトは想像以上に紳士だった。

新妻としては喜んでいいのか悲しんでいいのかよく分からない。

だが、初めの晩は手を繋《つな》いで抱き締められてキスして終了。

次の晩は服の上から身体を撫でてみて良い所を探り、次の晩は服の下に手を入れて直《じか》に触れ、次の晩は――……

紳士だ。むしゃぶりつきたくなるような魅力が私にないせいだとは思いたくない。エドゥアルトは特別紳士なのだ。きっとそう。

だがしかし。夫の紳士的な行動の甲斐《かい》なく私は一向に慣れない。客間から夫の部屋の隣にある領主の妻の部屋へと引っ越し、場所が夫の寝室から夫婦の寝室に移動しても慣れないものは慣れない。

ベッドに押し倒される度、ヒョエッとなる。現実逃避して内に逃げてしまう。

だって相手はなかなかどうして、多分世界屈指のイケメンだ。

色ボケ発言ではない。だって小説内でイケメンと褒めそやされるメインヒーローの、そっくりの容姿を持った父親なのだ。

そりゃヒョエッともなるよな、と分かって欲しい。

ヒョエッとならないのはきっとこの世にヒロインだけだ。羨まけしからん。


紳士な夫は今日はとうとう「脱げ」と来た。機は熟したということか、それとも毎夜色っぽくない奇声を発する私に堪忍袋の緒が切れたのか。

私がこなれた娼婦《しょうふ》ならイケボのアダルティな命令に「ハイ、喜んでェ！」と全裸になっただろうが、あいにく私はこなれた娼婦ではなくまっさらな乙女である。

す、好きなひとの前で、自分から服を脱ぐだなんて、そんな……。

モジモジクネクネしてたら黙ってひん剥《む》かれた。

待って、紳士どこ行った？

「んんっ」

エドゥアルトが私の胸の頂きを硬い指の先で弾《はじ》いた。思わず声が漏れる。この声も恥ずかしい。手の甲をしっかり唇に押し当てる。

恥ずかしい。逃げ出したい。もう泣きたい。

だけどエドゥアルトが私を見ている。私の反応を窺って、本当にもう無理、となったらすぐに止めてくれるんだろう。いつものように。

だけど。でも。

私はエドゥアルトの腕を掴んだ。掴んだというよりすがり付く。

エドゥアルトが私の目をまっすぐ見るから、私の目からは涙がぽろりとこぼれた。

「だんなさま」

恥ずかしい恥ずかしい逃げ出したい。なのに。

「……今日は、最後まで……どうか、なさってください」

気持ちが良いいし、身体は渇いて疼《うず》くのだ。確かに。


「んっ、あっ、あー！」

指が動いてる。私の中で、エドゥアルトの指が。

中をかき回しながら、親指で陰核を押し潰されて果てた。

ここまでは、何度か経験している。

問題はこの先だ。私は乱れた息の合間、ごくりと唾を飲んだ。

「……止めてもいい」

エドゥアルトは私の乱れた髪を直しながら言った。

本当に紳士だ。そして時と場合によっては善し悪しだ。

「……エドゥアルト」

そっと名を呼ぶ。舌を転がり、喉が震える。その名が、その存在が、大切だと思う。愛《いと》しいと思う。

私は微笑んだ。きっとそれで、伝わるから。

「ユスティーナ……」

エドゥアルトが私を呼ぶ。

うれしい。だいすき。いとしい。

あなたもそう思ってくれてる？　たとえそうじゃなくても、いつか同じように思ってくれたらいいな。

なんて小娘らしい願望だろう。

私はへらりと笑った。

エドゥアルトは少し目を丸くして、それから喉仏が上下に動くのが見えた。

痛い、というより苦しい。いや、勿論痛みもあるけれど。

ゆっくり慎重にしてくれてるのが分かるのに、気を抜けば止めて、抜いてと叫んでしまいそう。

止めて欲しくない。もっとそばにいたい。今、これ以上ないくらい近い筈なのにもっともっとと望んでしまう。

何これ。私いつからビッチになったの。

思わず笑ってしまう。痛いのに。苦しいのに。

「ユスティーナ、大丈夫か……？」

エドゥアルトが吐息と共に尋ねる。

ああ、色っぽい。やっぱり猥褻物だわ。私の予想は当たっていた。

「はい、だいじょうぶ……」

我ながら全然大丈夫そうじゃない声だった。

エドゥアルトもそう思っただろう。ぴくりと眉が動いた。だから。

「やめないで。このまま……」

そうお願いしたら、エドゥアルトの喉からうめき声が漏れた。

「君は……」

え、まさかこの状態でお説教？

反射的に身構えた私に、エドゥアルトのため息が降る。

「止められないから、安心してくれ」

やめない、ではなく、止められない、という言い方に気付き、胸がキュンとした。

だが、それからはもう荒波に翻弄される船の気分を味わった。

「あっ、あっ、エドゥアルトっ、えどぅあ、あ、ああ〜っ！」

「ユスティーナ……、ぐっ……！」

ごめんね、船。高い波の中健気《けなげ》にも前に進み続けるお前にできることなんて何もないのに、前世で乗った時「こんなに揺れるなんて聞いてないんですけど～！　吐く～！」とか文句言って。

だけど今、翻弄されるのは私だけだし、翻弄するのは私の愛する夫だし。

意外と海を行く為に作られた船自身は、波に翻弄されてもそれ程悪い気はしていないのかも知れないな、なんて考える。

夫と私、二人分の荒い呼吸を聞きながら。


「旦那様！」

ノックしただけで許可なく執務室に突撃するのもいつものこと。

書類から顔を上げた夫は、私を認め少しばかり表情を緩める。可愛い。

夫の執務机の前まで歩み寄り、椅子に座る夫を見下ろす。体格の良い夫を見下ろすのは、ちょっと気分が良いものだ。私の不穏な思想に気付いたのか、夫は探るような視線を寄越す。

それに、にんまりと笑い返して。

「夏生まれの男の子です。名前はアルフレート」

時間を置いてから意味を理解し、固まる夫に今度はにっこり笑う。

「国王の椅子は、この子が欲しいと言ったら与えてあげましょう？　ダーリン」

ベッドの上での会話を思い出したのか、夫は小さく吹き出した。

「まだ性別は分からないだろう。名を付けるのは早くないか？」

「いいえ！　男の子です。あなたに似ていて、私の色の瞳を持っているんですよ」

確信を持って話す私を、夫は面白そうに見上げた。

「根拠は」

「……希望、です」

その答えに、きっと夫は私が願望を口にしているだけで、根拠はないのだと思っただろう。

だけど、私は知っているのだ。

私のお腹に宿ったものが、ピッカピカの希望であることを。

私と、あなたと、そして、世界の。

ある辺境伯と知ることのない『妻』のはなし

MELISSA

◆◆◆

目の前の女はオドオドしながら此方《こちら》を窺《うかが》うばかりで言葉もなく、二人きりで対面していても一向に目が合わない。

愛想のない俺に怯《おび》えているのか、此処《ここ》まで来て自分の状況を受け入れられていないのか。

「それでは姫君。何かありましたら側仕《そばづか》えの者にお申し出下さい。私はこれで」

辞去の挨拶にも、握り込んでいた指が痙攣《けいれん》のように動いただけで、女の応えは返らなかった。


「どうでした閣下、憐れなお姫様のご様子は」

軽口を叩《たた》くのは部下のレネー。

机上の書類を捌《さば》きながら好奇心丸出しの質問に答えてやる。

「陰気な女だったな。俺のような者とは口も利きたくないらしい。何を言っても俯《うつむ》いて喋《しゃべ》ろうとしない」

「……あらぁー……」

吐き捨てるような俺の言葉は、如何《いか》にレネーといえども一瞬返す言葉に迷わせたらしい。

「閣下が怖い顔してるからじゃないですか？　相手は深窓の令嬢なんですから、その整った顔でニッコリ笑ってやればイチコロですよ」

「お前のように軽薄になれと？」

「ひどい閣下！　オレは軽薄なんかじゃありません！　剽軽《ひょうきん》なんです！」

何かしらの拘《こだわ》りがあるらしいレネーが訂正し胸を張る。至極どうでもいい。

「なら、剽軽なお前が憐れな姫君を慰めてやってはどうだ」

どうでもいいついでにそう言うと、レネーは笑い飛ばし損ねたように顔を引きつらせた。

「……閣下、部下に奥方との不貞行為を勧めるような物言いはさすがにどうかと思いますよ」

「したければすればいい。以前リディーツの女は気が強過ぎるとこぼしていただろう。あれはリディーツの強《したた》かな女に比べれば人形も同然。夫以外の男に手を出されたとて、拒否の姿勢すら示さんかも知れんぞ」

俺のような無愛想な男よりは、自称剽軽な男の方があの姫にとっても良いのだろう。

レネーは今度こそ嫌そうな顔をした。

「……それでも、閣下の奥方でしょう」

俺は嗤《わら》う。

「拒否を示せるものならこちらこそ示したいのだがな。王家は臣下に思うように跡継ぎを作らせる気すらないらしい」

ぼやきながら、あの薄暗い部屋で一瞬目が合った気がした時、熟れた桑の実の色のようだと思った目を思い出した。

◇◇◇

夢を見ていた、と思う。

覚醒した時には内容は朧気《おぼろげ》になっていたが。

天井から目線を横に下ろせば、カーテンの隙間から射し込む朝日に輝く白銀の髪が目に入る。

閉じられた瞼《まぶた》を縁取る髪と同じ色の長い睫毛《まつげ》に白く滑らかな頬、小ぶりな鼻に規則正しく息をこぼす桃色の唇。

呼吸をしていなければ人形と見間違えそうな妻の寝顔を、起きたばかりの定まらない思考のまま観察する。

初めて会った時よりはまろみを帯びて女性らしさが出ていることは喜ばしい。だが、平均的なものよりはまだ華奢《きゃしゃ》な方だろう。

無理をさせないようにしなくてはと改めて自戒していると、妻は唸《うな》りながら俺の肩に額を押し付けて来た。

どんな夢を見ているのか。微笑《ほほえ》ましく思いながら近付いたその身体を緩く抱き締める。

顔を埋めた柔らかな髪からは花のような香りがして、それに慰められるような心地がするから、今朝の夢見は良くなかったようだと自覚した。

◆◆◆

枯れ枝のようだ、と思った。

少し力を込めれば容易《たやす》く折れてしまいそうな、軽く、乾いた肢体だ。

とても若い女のそれとは思えぬような。

彼女は此方が何をしても強張《こわば》り、己を守るように身体を丸めるばかりだった。

「……止めようか」

これでは自分が無体を働く悪党のようだ。ため息《いき》と共にそうこぼした時だ。

縋《すが》り付くように腕を取られた。

何ら痛む程ではないが、この細い腕からしたら精一杯の力が込められているのだろう。相手が懸命であることが、白くなった指先からも感じられる。

「……やめないで」

見目と同じ、細く乾いた声だと思った。

同時に、妻となった彼女が初めて意思を示したと気付く。

「お願い、お願いします、旦那様。どうぞお止めにならないで」

お願いです、どうか、と震える声で言い募られ、何より困惑が勝る。

自分たちはどちらも望んで夫婦となったわけではない。まして降嫁されたという点だけでも自分は彼女の顔色を窺う立場なのだ。彼女が望まぬことをして機嫌を損ねたくはないし、夫婦だからといって必ず身体を繋《つな》げなければならないということもない筈《はず》なのに、彼女のこの必死さは何なのか。

彼女の精神はともかく、少なくとも身体がこの状況を喜んでいないことは自分にもよくよく伝わっている。

ここで諦めずにもっと時間と根気をかけ、貴人の身体を丁寧に開けと言っているのか。

溜め息と舌打ちしたい気持ちを呑《の》み込み、「承知致しました」とだけ答えて行為を続ける。

どれだけ奉仕しても相手からの喜びも伝わらなければ、己の悦びもない行為は精神を酷く疲弊させた。

戦場の方がましだな、と思うくらいには。

◇◇◇

「実は今朝、変な夢を見たんですよね」

書類仕事の合間、レネーが呟《つぶや》いた。

幾分途方に暮れたような声音から、こいつが見たのも良い夢ではなかったのだろうと察する。

促すことはないが、レネーは勝手に喋り続ける。これはそういう男なのだ。

「お子を産まれてから、奥方が儚《はかな》くなられるんですよ」

なんという不吉な夢を。

思わず仕事の手を止めてレネーを睨《にら》むと、悪い夢は人に話した方が良いって言うじゃないですか、と言い訳しながら「でも、オレの知ってる奥方ではなかったんですよね」と続けた。

「ユスティーナではなかったと？」

「いえ、外見はユスティーナ様？　というか、外見的特徴はユスティーナ様なんですけど、なんて言うか、姿だけ似た別人みたいな？　風が吹けば飛びそうな儚げな人でしたね。まさしく深窓のご令嬢ってかんじの」

まあ、外見だけはユスティーナ様も儚げですけどね、とレネーはお得意の軽口で、本人に聞かれたらただでは済まなそうなことを言う。

思わず部屋の扉に目が向いた。此処の扉は厚いし、妻は入室時ノックだけはするから大丈夫だとは思うが。

「それに閣下との仲もよろしくはなさそうでした。閣下は顔面が強くて黙ってても入れ食い状態だから、ああいう自分からアクションを起こして来ないタイプは持て余すんでしょうねえ」

自分の言葉にうんうん頷《うなず》く部下を白けた思いで見やる。大きなお世話だ。

「つまり、ユスティーナに似た女が子を産んで亡くなった夢を見たと？」

「まあ、端的に言えばそうなんですけどね。……でも気になることがあって」

眉を寄せながら腕組みするレネーの言葉の続きを待つ。

「『産まなきゃよかった』って言うんですよ。……ユスティーナ様に似た顔でユスティーナ様なら絶対に言わなそうなことを言ってたんで、なんか心に残ってしまって」

レネーは初対面時から跡継ぎを作ると口にしながら俺に絡んで来たユスティーナを見ているし、現在臥《ふ》せがちながらも産む日を心待ちにしているユスティーナを知っている。それは現実と違い過ぎて大層混乱したことだろう。

だが何故か、その現実にありもしない夢は俺の心にも小さな雫《しずく》から波紋が広がるような静かな不快を残した。

◆◆◆

「屋敷に忍び込んだ男はどうだ。口を割ったか？」

問いかけにレネーは首を横に振った。

「依然王家の依頼で姫を殺しに来たとしか吐いていないようです」

先日屋敷内で捕らえた、下級貴族の子息だという男を思い出す。元はレイシー国王直轄の騎士団に所属していたらしい。それにしてはうちの使用人相手にやけにあっさり捕まったものだが、あそこは貴族であれば誰でも入れるような組織なのでさほど不思議でもない。

「短剣ひとつでバルトシェクの屋敷に忍び込み、殺しをする？　事実だとして正気の沙汰とは思えんが」

「あちらさんは辺境《うち》を舐《な》めくさってるんじゃないですかねえ。短剣なんてリディーツじゃ子供だって持ち歩くってのに。おかげさまでそんなご大層な命令引っ提げて屋敷に入った途端即お縄だ。ど素人《しろうと》にも程がある」

今度は嘆かわしいと言わんばかりに首が振られた。芝居がかった仕草がこの男らしい。

「やはりそれ以外の目的があったと考えるべきだろうな」

「別の目的に関しては否定しませんが、お姫様が旦那の目を盗んで男を連れ込んだりしますかねえ」

「『そんな風には見えない』が疑わしい相手を警戒しない理由になると？」

「なりませんね。失礼しました」

「……日がな一日部屋に籠もって使用人にも姿を見せない。何も望まずこちらのやり方にも一切口を挟まないそうだ。王家からの指示か本人の意思か知らんが、何も企てていないと思えという方が難しい」

「王都に比べて粗雑な田舎《いなか》が気に食わなくて口を開く気にもならないとか、その程度の理由かも知れませんよ？」

「下賜された以上彼女はその田舎で生きるしかないだろうに。同じ場所から動かない相手に近付くのは如何に素人でも特別難しいことじゃない。思い通りにならないバルトシェクを断絶させてやろうという上の思惑があるのか……、せめて粗雑な田舎者の子ではなく都会的な男の子供を産んでやろうという彼女なりの意趣返しなのかもな」

俺の自嘲にレネーは肩を竦《すく》めた。

「閣下の顔面でしたら粗雑だろうが田舎者だろうが戦闘狂だろうがって女は大勢いそうですけどね」

「粗雑な田舎者の戦闘狂はお前もだろう」

「しれっと自分の顔が良いってこと否定しないんだもんなぁ」

やだやだと大袈裟《おおげさ》に頭を振るレネーに俺もようやく笑い返す。

この軽口に助けられることは大いにあると心の内だけで感謝しながら。

◇◇◇

「ユスティーナを襲撃した男はどうした」

問いかけにレネーはにやりと笑った。

「適当にあることないこと吹き込んでお帰りいただきました。いやー、言葉の裏を読んだり大局を見通す目のないボンボン育ちの騎士崩れってほんと動かすの楽ですね。あちらさんも同じ気持ちだったでしょうけど」

その報告に俺も軽い頷きを返す。

「上手く踊ってくれると良いんだがな」

「どうでしょうね。向こうは戦の素人でも、政治では海千山千ですからね。駆け引きの相手としては引けを取りませんよ。頂上はどうか分かりませんけど」

なんせ、あのユスティーナ様のご兄弟ですからねえ、対策は諸事万端にした方が賢明だとは思いますがとレネーは少し遠い目をした。

「ユスティーナに男の命乞いをされた時はどうなるかと思ったが、意外と面白い布石になったかも知れんな」

「命乞いされた後ユスティーナ様と男が顔見知り以上の関係じゃないか徹底的に調べさせましたもんね。閣下が調査に私情を挟むとこ初めて見ました」

「ジンッ、別に私情を挟んだわけではないが……」

「じゃあユスティーナ様にこの話しても良いですか？」

「それはやめろ」

「そうですか？　自分の為《ため》に閣下が手間をかけたって聞いたら多分すごい喜びますよ。オレの予想では三日は鬼の首取ったように喜ぶと思います。妻の機嫌の良さは夫婦円満に不可欠だって聞きますし」

「その表現だと、妻の機嫌の為に何か大事なものを失くす気がするんだが……」

本当に口の減らない男だと、痛む頭を押さえる俺を見て、レネーは愉快そうに笑うのだった。

◆◆◆

「旦那様、お産まれになりました。ご嫡男のご誕生、使用人一同心よりお慶《よろこ》び申し上げます」

「おめでとうございます！」

周囲が喜色の滲《にじ》んだ声を上げるなか、俺は複雑な気持ちを押し殺していた。

確かに初夜の段階では妻は処女だったようだ。だが、ただ一度枕を交わしただけで懐妊したと言い、そう診断されるや一切部屋から出てこなくなった。

こちらから様子を見る為訪ねても、具合が悪いと追い返される。それが続けば、もう部屋を訪《おとな》う気にもならなかった。

男女が身体を繋げたのだ。それが一度だったとしても、孕《はら》む可能性があることは分かっている。

だが懐妊からこちら、会うことも拒まれ、長らく顔を見ることもなかったのだ。疑念も過《よぎ》るというもの。

——本当に、俺の子なのだろうか？

「……姫君の方はどうだ」

「お疲れのご様子と……」

「そうだろうな。……訪ねても良いものだろうか」

確認しなくてはならない。

分かってはいるが憂鬱さも誤魔化せない。

そんな俺を見詰め、家令はいつもより長い間を置いてから答えた。

「……此処は旦那様の領地、旦那様のお屋敷でございますよ」

何も知らない家令からすれば、一家の長である者が、生まれの高貴さを理由に妻に遠慮をするな、ということだろう。

目を閉じ、胸に去来する様々なものを飲み下す。

「……そうだな。まあ、一目でも様子を見られれば良いのだが」

その時、屋敷に悲鳴が響いた。

女の声。

今この屋敷で女が多く集まっているだろう部屋に急ぐ。

「何事だ」

廊下から部屋の中を窺っているのは複数の使用人。皆困惑を顔に浮かべ俺を見上げる。

「それが……」

「姫様が、突然声をお上げになり……」

「先程まではお疲れはしていても、落ち着いたご様子だったのですが……」

出産を手伝っていたのだろうメイドたちが口々に状況を説明する。

部屋の中を覗《のぞ》くと、ベッドを囲み女たちが慌ただしく動き、大きな声を出していた。

「姫様」

「ユスティーナ様、どうぞお静まり下さい」

「その様に興奮されてはお身体に障ります。ご安心下さい。お子様は無事でいらっしゃいますよ」

助産師の他に念の為呼んでいた年配の男性医師の声が聞こえ、女ばかりの室内に立ち入るよすがに感じる。

足を踏み入れると同時に彼らに声を掛けようとした、その時。

「どうしてこんな、どうして⁉」

半狂乱の女の声。聞いたことのないそれが、己の妻の声だと気付くのに時間を要した。だから
「お願い誰か、その子を殺して‼」

そう哀願したのが生まれたばかりの子の母だと理解した時、俺はその場に立ち尽くすしかなかった。

「ああ旦那様、どうか、どうかお許しを。知らなかったのです。こんな、こんな目の子が生まれて来るだなんて。知っていたなら産んだりなどしなかったのに！」

熟れた桑の実の色をした暗い色の目を見開き、青白い顔の女は耳障りな甲高い声でこちらに訴える。

「どうかもう一度機会をお与えください！　こんな筈はないのです！　こんな子が産まれる筈じゃな

かった！」

「姫君」

「何かの間違いです！　違うの、ちがう、こんなのない、ないわ、こんなことあっちゃいけないのに……つぎは、次こそはちゃんとした子を産みます。どうぞ私に、もう一度だけ旦那様の情けをください、次こそは……」

「姫君、もういい」

「良くない!!　ちっとも良くなんかないわ!!　これじゃない、こんな子いらない!!　誰かその子を殺してちょうだい!!　それか目を抉《えぐ》り出……」

「やめなさい!!」

女はぴたりと動きを止めた。

信じ難いものを見る目で見詰められる。

「……子供は、五体満足で健康だそうだ。貴族家の嫡男を産む、貴女の義務は果たされた。まずは身体を休めなさい」

「……だんなさま」

「姫君は疲れていらっしゃる。養生に専念させるように」

周囲に向かってそう告げると、皆気まずげに頷いた。

「旦那様、もうしわけございません……」

「……何を謝る」

「あのような子を産んでしまいました。欠陥品の私が産んだ、欠陥品です。あんな子が辺境伯の嫡男だなんてあってはなりません」

「……それを決めるのは、貴女ではない」

「いいえ、いいえ!! 誰が認めるというのです、誰が愛するというのですか!? あんな色の目をした、不吉な、人間のなり損ないを!!」

「……」

目をやると、意を汲んだ医師は眉尻を下げつつ頷いた。

「気を静める薬を出してもらいましょう。ゆっくり休んで下さい」

「……ああ、だんなさま、おかわいそうに」

そう言った女は暗い、虚《うつ》ろな目で嗤っていた。

◇◇◇

必要な話の合間にレネーが勝手に喋る与太話も聞かされながら本日分の書類仕事を終え、時間が空いたので妻の様子を見て来ようかと席を立つと、レネーにあの閣下がねぇ、人間変わるもんですねぇとニヤニヤしながら見送られた。

身重の妻を大事にして何が悪いのかと不平を抱えたまま廊下を歩く。

バルトシェクの嫡子にのみ伝わる家訓に『戦場に出ている時、妻に後ろから刺されるような男にはなるな』というものがある。

この家訓が先祖の実体験を元にしていると聞かされた時は閉口したし、己はそうはなるまいと強く思ったものだ。

我が妻ならば後ろから刺す前に正面から挑んで来そうな気が……否、そもそも要望ははっきりと言葉にして伝えるユスティーナに限ってそんなことにはならないと思うが……男には分からぬ女の機微などもあるだろうし、更に言えば妻は一般的とは言い難い思考をすることが間々あるので確たることは言えないが……何はともあれ、妻を大事に扱って悪いことにはならない筈だ。

そんなことを考えていると、妻の部屋の前でちょうど出て来た侍女と行き合った。

様子を尋ねると、まだ臥《ふ》せっておられますが、という前置きの後侍女はふと遠くを見る。

「精神的にはたいへんお元気そうです。『これを耐えればオシに会える』『この痛みと吐き気にオシの存在を感じる』と今日も不気味に……いえ、健気に笑っていらっしゃいます」

「…………そうか」

子供の名前は絶対にアルフレートだと言ってきかない妻だが、時々腹の子を『オシ』と呼ぶらしい。愛称のようなものだそうだが、名前との関連性が見られない。

誰もが首を傾《かし》げるが、彼女の言動が我々の理解の範疇《はんちゅう》だったことの方が少ないので、本人が良いのなら好きにさせておこうという形で受け入れてもいた。
二、三確認してから侍女を仕事に戻らせ、扉の取っ手に触れる。
眠っているのでノックはいらないだろうという侍女の言葉通り静かに部屋に入ると、ベッドの上の妻は夢の世界の住人だった。

顔色の悪い妻の額に触れ、首筋に手を当てる。医者程の知識はないが、レネーの見た夢の話のせいか妻の無事を確かめずにはいられない気分にさせられた。

最後に頬を撫でるように触れる。

意識のある妻なら「触り方がいやらしい」といちいち文句を言われる所だが、今は静かに温もりを分かち合う。

自ら望んで剣とペンを交互に握るような半生を過ごして来たが、こんな時間を過ごすのも悪くないものだと人知れず笑みがこぼれた。

◆◆◆

「あちらがまたぎゃあぎゃあ言って来ましたよ。てめえの妹が死んだってのに嫁ぎ先にお悔やみのひとつも言えないんですかね」

身になるような話はありませんでしたから、燃やしておきます？　と暖炉の前で王家の紋章入りの手紙をひらひらと振るレネーからやむなくそれを取り返す。

「こちらが姫を殺したと主張したいんだろう。城で育った高貴な方々は産褥《さんじょく》という言葉すら知らんのかもな。目の色が違うくらいで自分は欠陥品だと言わせるような教育をしているようだから」

「……血筋が良くても性格には影響しないんですね。胸くそ悪い。目なんて見えりゃ一緒でしょうに」

「だが尊ぶべき血筋であることは事実だ。その血筋が身体に流れてさえいれば頂点に立つのは誰だっていい程にな。たとえ性格が悪かろうが、……半分田舎者の血がまざっていようが」

俺の声音からレネーは察するものがあったらしい。静かに姿勢を正した。

「あれを鍛える。子が育つのに必ずしも母が必要なわけではない」

「……そうですね。食うもんさえあれば子は育つでしょうが、閣下のお子として相応《ふさわ》しくお育ちになるように。欠けた物に囚われることのないお方になるよう、微力ながらお手伝い致します」

「卑屈な男など目も当てられんからな」

そう言うと、レネーは明るく笑った。

「それじゃあ、坊っちゃんには卑屈になる暇もないくらい、幸せになってもらいませんとね」

＊＊＊

玉座に深く腰を預け、不遜を隠さぬ翠眼《すいがん》で息子を見下ろすエドゥアルトを見上げながら

「父上、俺は王にはなりません」

と、アルフレートは堂々と宣言した。

両の脚で地を踏み締め、その輝く瞳でまっすぐ父を見据えながら。

「俺はそのような器ではありません。勿論《もちろん》、傀儡《かいらい》となるのも御免だ。俺はあなたの跡を継いでリディーツの領主となります。……母も、俺も、王家の人間ではない。リディーーツの者です。あなたと同じ、バルトシェクですよ。父上」

エドゥアルトは何も応えず、ただその目を細めてアルフレートを見ていた。

◇◇◇

「旦那様」

目を開ければ寝室で、共に寝ていた妻が心配そうに自分を覗き込んでいた。

「魘《うな》されておいででしたよ？　悪い夢でも見たのですか？」

そう言ってそっと俺の髪を撫で付ける。妻の瞳は暗がりでも少ない光を反射し輝いていた。

「いや……起こしてすまない」

「いいえ。……最近の私は寝過ぎなくらいなので」

謝罪に、笑みを含んだ密やかな声が返る。

「……君は、それでいい」

同じくらい声を潜めてそう言えば、妻は「旦那様は私が眠っていた方が都合がよろしいのですか？」と唇を尖《とが》らせた。

「そうじゃない」

否定しながら妻の身体を抱き締める。温かな体温を持つ柔らかい身体がすんなりと自分に預けられた。

「……君と、この先も共に在れたら、と思うんだ」

祈りのような、弱音のような。情けない俺の言葉を、妻は笑ったようだった。

「勿論です。夫婦二人で、仲良くこの子を育てていきましょう？」

妻の声は明るく、将来に何の不安も感じさせない。

「ああ。……たぶん、――」

夢はあくまでも夢だ。現実とは違う。

「え？」

ささやかな呟きを拾った妻に、不思議そうに聞き返される。

「明日の為にもう寝てしまおう。よい夢を、ユスティーナ」

「あ、はい。よい夢を、エドゥアルト」

互いの額に口付ける、親しいやりとりを終えて再び並んで横になる。
多分、もう内容をろくに覚えてすらいない夢だが、それ程悪い夢ではなかった筈だ。
何故なら、紫の瞳は俺を見詰め、輝いていたのだから。

推しの母（なりたて）の日常

MELISSA

推しをこの腕に抱いたあの日から、私は推しから目が離せない。

推しが瞬《まばた》きをする。くりっくりおめめを縁取る長い睫毛《まつげ》がパチパチと音を立てる。ハイ、可愛い。可愛いの天才。

推しが喃語《なんご》を喋《しゃべ》る。プライスレスな妙《たえ》なる調べである。耳が幸せ。ASMRとして世界配信待ったなしだ。

推しがギャン泣きする。小説では声を殺して泣いていた推しがギャン泣きしている。激レア。SSRである。

うんうん、大人になると周囲の目を気にして大声出せなくなるからね。ヒロインは決して見ることのない姿を無課金でいくらでも見られるよ。やったぜ。どんどん声を張り上げて肺やら喉やらを鍛えるといい。

泣き疲れて眠る推しの熟れた桃色のぷくぷくほっぺを突っつくと、むずがるようにもぞもぞ動き、眉間に皺《しわ》が寄る。父親そっくりで微笑《ほほえ》ましいを通り越してニマニマしてしまう。

ニマニマ。ニマニマニマニ
「瞬きをしろ」

急に視界を塞がれた。と、同時に降ってくる低音ボイス。

仰ぎ見れば、夫が何とも言い難い顔で私を見下ろしていた。

「……乳母《うば》が、子に付きっきりの君が心配だと言っている」

もう一度瞬きしろと告げられ、夫を見ながらパチパチと瞬きを繰り返すと、軽く頷《うなず》かれた。

なるほど、合点。

貴族の子育てなんて基本乳母任せ。生母は手を添える程度である。

それがどうだ。元王女で子育てなんて求められるどころか視界に入ることもなかった筈《はず》の奥様ってば、動けるようになった途端息子に付きっきり。一時だって目を離さない構えである。

つまり乳母から夫に苦情が行ったのだ。

瞬きも忘れて子供をガン見してる奥様が怖いとか何とか。

「アルフレートが、かわいくてつい」

エへ、と首を傾けつつ言い訳してみる。

乳母にとっては苦情だったろうが、夫は私が産後に起き上がれない期間を人より長めに過ごしてからというもの少々過保護だ。

彼は私の奇行より身体を本気で心配している。

何だかとってもむず痒《がゆ》い。むずむず。

「親が子供を愛するのは結構だが、君のは些《いささ》か度を越している。乳母をはじめ人員も十分に揃《そろ》えているのだから、少しくらい君が目を離したとて……」

夫のお説教に私はくわっと目を見開く。

「お言葉ですが！」

発言と同時に挙手もしている。

夫の身体は突然の妻の言動に気圧《けお》され後退《あとずさ》るのを耐えた。さすが黒の軍神。さすくろ。

「既に成長が止まってあとは老いる一方の旦那様とは違って、アルフレートはこれからどんどん大きく逞《たくま》しく成長していくんです！　今日のアルフレートは昨日のアルフレートとは違います！　そして昨日のアルフレートは二度と見ることができません！　つまり一時も見逃せません！！！」

一片の綻びもない完璧な主張である。しかし言い終えて満足した私とは違い、夫はショックを隠せない表情をしていた。私の何気ない言葉が繊細な夫の心を傷付けてしまったらしい。

「少々興奮してしまったようです。失礼いたしました」

空気を読んだ私はすぐさま謝罪した。

夫は咳払《せきばら》いと共に私の無礼をなかったことにしてくれた。

やさしい。イケメン。すき。

「……君の言い分は理解した」

「ありがとうございます」

「だが、子を慈しむのと同じように君は君の本分を果たすべきだと思う」

「……私の、ほんぶん？」

今度は心の底から首を傾げる。

女主人としての仕事だろうか？　正直その辺は出産後寝込んでから家令に全部任せている。でも夫も家令もまだ無理しなくていいって言ってくれてるし。

お茶会等の貴婦人の交流は元々やっていないし。リディーツは貴婦人にとって安全に遊びに来られる場所かというとそうでもないし、私は外見で積極的な交流を忌避されてるし。つまり友人がいないし。泣いてないし。

領地の福祉や慈善事業？　現状十全な保障を夫が既に行っているし、余剰金もさほどないしなぁ。

時間を持て余している私の、推しを見守る以外の本分とは？

分からないので黙って夫を見上げる。夫は私が分かっていないだろうことを分かっている様子。

夫婦として我々はもはやツーカーである。ふふん。

「妻の仕事は夫を支え、癒やすことだろう」

「は？」

ツーカーが裸足《はだし》で逃げ出した。

「夫《わたし》は今ちょうど、愛する妻を抱いて癒やされたいと思っている」

「え？」

「さあ、本分を果たす為《ため》寝室へ行こうかユスティーナ」

「ヴァ？？？」

変な声が出た。

貴婦人にあるまじき変な声が出たが、絶対に私のせいではない。絶対に。

「そう緊張しなくて良い。君がまだ復調していないことは私も分かっている」

「……わざと誤解をさせるような言い方をしておいて白々しい……」

「だが、君に癒やされたいのは本当だ」

「つ、妻の役割ですものね。旦那様がそこまで仰《おっしゃ》るのであれば、私とてやぶさかではないと申しますか、久しぶりですので手加減はしていただきたいと申しますか……」

「ユスティーナ、こちらへ」

「あっ、あっ、だ、ダニエラ……ダニエラに磨いてもらって、ついでにきれいにラッピングしてもらってからの方が良いのではないのではないですかね!?」

「いいから来なさい」

「うっ、は、はいぃ……」

私たち夫婦は幸か不幸か同衾《どうきん》してすぐにアルフレートを授かり、何度も言うようだが出産後私は体調を崩していた。

つまりこういうのはものすっごい久々なのだ。

嫌じゃない。嫌なわけじゃないんだけど、慣れる前に妊娠してしまったみたいな所も否めない。

あっ、やだイケメン……！　固い筋肉……！　浮かび上がる筋……！　力強い腕ぇ……！

「ふぅ……」

「……」

夫がベッドで私をその腕に抱き締めて落ち着いた。

そう、落ち着いた。

互いに服（寝間着）を着たまま。掛布まで掛けられた。

「……旦那様……？」

「なんだ」

「……眠るのですか？」

「そのつもりだが」

「え？　癒やすとか癒やされたいとかいうのは？」

「今妻を抱いて癒やされている」

はああ？？？

「いつも通りではないですか……！　ほとんど毎晩やってるじゃないですか……！　ひどい、夫に弄ばれた……！　……旦那様、私に癒やされるとか甘いこと言って、肝心の欲求は他所《よそ》で発散してきてるんじゃないでしょうね……」

この男、絶対に分かってやってる……。

子供まで産んどいて処女みたいなリアクションする妻《わたし》をからかってやがる。腹立つ。可愛さ余って憎さ百倍というやつである。

そうだ、以前「他所で子供を作るなら私を孕《はら》ませてからにしろ」って言ったんだった。

今夫は他所で子供を作っても誰にも咎《とが》められない立場なのだ。いや、私は咎めるけど。めちゃくちゃ咎めたてるけど。ダブスタがなんぼのもんじゃい。

「君は俺を何だと思ってるんだ……」

夫がさも心外そうに言うが、残念ながら私は知っているのだ。

小説の中でアルフレートに腹違いの兄弟がいたことを！

アルフレートと違い性格が悪く腹黒くて、他人には物腰柔らかいのにアルフレートにだけ態度が悪い、お兄ちゃんへの憧れを拗《こじ》らせてエステルにちょっかい出してガチ恋に陥るチョロ弟の存在を！！！

「どこの女ですか……どんな女なんですか!?　私と違って大人しくて自己主張しないタイプですか!?　それとも私が逆立ちしてもなれない異性慣れした妖艶なお姉様タイプですか!?　どんな女にアルフレートの弟を産ませるつもりです!!」

襟首掴《つか》んで揺さぶり……たかったが、びくともしない夫は深いため息を吐《つ》きながら襟から私の手を離させた。

「君に俺がどう見えているのか後日きっちりと聞く必要があるが……。これだけははっきり言っておく。不貞はしていない」

「……今はまだしてないけど、これからするつもりというやつですか？」

「何故そうなる。今後も他の女が俺の子を産むことはない。……君がいるのにどうしてそうなると思うんだ」

夫のことは信頼している。信頼しているけど、小説通りにならないかと不安にだってなるし、私は前世の記憶があって～なんてまたも全使用人に慎重に扱えと通達されそうなことを喋る気もない。

唇を尖《とが》らせ黙りこくる私に、夫はやっぱりため息を吐いた。

「他所で発散などしない。君以外と子を作ることもない」

聞き分けのない子供に言い聞かせるような夫の声に、勝手ながら不安が過《よぎ》る。

我ながらデモデモダッテと、本当に聞き分けのない子供だ。

「……もう私に子供ができなくても？」

「……不安になったか？」

簡単なことではないと分かってはいたけど、それにしたって出産はもとより産前産後の思い通りにいかない身体も辛かった。

産むのがアルフレートだったから耐えられたけど、次もやりたいかと言われると……確かに色々不安だ。

「……たとえ、君との間にもう子供ができなくても、だ。約束する」

迷いない、力強い声。

「どうして……」

エドゥアルトは貴族として生まれ、貴族として育っている。

逃げるエドゥアルトに私が散々絡んで突き付けたように、貴族は子を作ることも義務だ。

跡継ぎが一人では心許《こころもと》ない。何かしらの不幸があった時の為複数いて困ることもない。それが貴族としての一般的な考え方だ。

なのに、どうしてそんな風に言い切れるのだろう。

「俺の不徳で君を失うくらいなら、子供も妾《めかけ》もいなくていい」

どうしてそんな簡単に、私だけがいればいい、みたいに。

「……リディーツはどうするんです」

「アルフレートがいるだろう」

「……アルフレートに何かあったら」

「私にできることなら何だってするが……まあ、本当に何かあったなら分家から養子を取ることもできる」

「……アルフレートじゃなきゃ、王家の血が入ってません」

「必要なのは次の辺境伯だ。王家の血が絶対ということもない」

「アルフレートを、王にしたいくせに」

「………アルフレートが望んだら、というのが君との約束だ」

夫の大きくて固い手のひらが私の頭を撫で、髪を梳《す》いていく。

「信じられないかも知れないが……」

優しく、何度も。

「俺は君が腕の中にいるだけで本当に癒やされている。……まあ、起きてくるくる表情を変えるのを見るのも良いが、君が安心しきった顔で涎《よだれ》を垂らして寝ているのを見るのも悪くない」

「……涎を垂らしてる寝顔を見られるくらいならいくらでも百面相するので起こして下さい……」

「愛らしくて良いと思うんだが……」

不満が滲《にじ》む声に思わず笑ってしまう。

可愛いのはあなただし、私はこうやって何度もあなたに恋をするんだろう。

昨日の私より今日の私の方があなたを好きだから、きっとこれからもこの気持ちはどんどん大きく逞しく成長していく筈だ。

アルフレートと競争ね、と胸の内だけで囁《ささや》く。

「……寝顔で物足りなくなったら、まずはご相談ください。……体調さえ良ければ、やぶさかでないので」

夫はくすりと笑って、了承してくれた。

前言撤回だ。老いる一方の夫だってこれは一時も見逃せない。

「……目が取り外せたらいいのに」

それなら離れていても、夫も息子も同時に見ていられるのになぁ。そんな軽い気持ちでこぼした言葉に、夫が血相変えて飛び起きた話は、またの機会に。

推しの母（現在進行）になれたので、
幸せにしたいと思います

MELISSA

1

「兄上はいつもそうだ！　いつもいつも、これくらい何でもありませんって涼しい顔をして……兄上と比べられる人間がどれ程惨めか、どれ程兄上が妬ましいか、想像もできないだろう！」

「ルカシュ、それは違うわ！」

誰より早くエステルが声を上げると、ルカシュは痛みを感じたような顔をした。

だが、アルフレートをそばで見てきたエステルは黙っているわけにはいかなかった。

彼がどれ程優しいか、そしてどんな思いで孤独に耐えてきたかを知ってしまったから。

「……君も、兄上を……」

ルカシュはエステルを見詰め絞り出すようにそう言ったきり、言葉を失った。

「……ルカシュ」

それまで黙っていたアルフレートが静かな声でルカシュを呼ぶ。

ルカシュはアルフレートからもエステルからも目を逸《そ》らすように顔を俯《うつむ》けた。

「……俺はいつだってお前が羨ましかったよ」

自嘲するようにアルフレートが呟《つぶや》く。ルカシュが弾《はじ》かれたように顔を上げた。

エステルは隣に立つアルフレートを振り仰ぐ。

アルフレートらしくない、今にも泣いてしまいそうな、そんな頼りない声だった。

「母親がいて、父上からも気にかけられているお前が。不器用で、だけど一生懸命で、負けず嫌いで。だからこそ皆に可愛がられているお前が、俺はずっと羨ましかったんだ」

アルフレートの告白に、アルフレートが一人でやり過ごし、隠し続けていた寂しさに、エステルの胸は掻《か》きむしりたくなる程に痛む。

アルフレートに二度とそんな思いはさせたくないと思う。自分は傍《そこ》にいると手を取って安心させてやりたくなる。

エステルはこの時ようやく、これまでの自制の利かない感情の起伏が腑《ふ》に落ちた。

エステルは、アルフレートのことが好きなのだ。

彼をもう一人ぼっちにさせない為《ため》なら、何だってできると思うくらいに。

寂しかったという気持ちをまるで懺悔《ざんげ》でもするかのようにこぼす彼の、一番近くに寄り添いたいと。

＊＊＊

わかりみが深い。

こんなに可愛くて格好良くてその上思いやりもあるいい子なアルフレートに一人寂しい思いをさせてきただなんて冒涜《ぼうとく》もいいところ。許されざる行いである。周囲の人間は一体何をしていたのか。絶許。

……その一端を担ってしまったのが自分だなんて、たいへん遺憾である。

だがそれも小説では、という話だ。

だって母上、生きてますから！


私、ユスティーナ・バルトシェク。本日も健在です。

たとえ夫を筆頭に周囲に虚弱扱いされていても、本人的にはメンタルもフィジカルもこの上なく良好なコンディションである。

だって、今日もアルフレート《推し》が可愛い。

推しは健康に良い。これはあまねく世界に通じる真理である。


前世では出先でギャン泣きしているお子さまを見かけては「あら～、大変ですねお母さん」なんて呑気《のんき》に思っていたが、いざ自分が母となり、相手がアルフレートだというならイヤイヤ期だって貴重で楽しい我が子との交流の機会である。

あらら～、こないだまで泣くことでしか感情を訴えられなかったのに、自分のお気持ちを言葉と態度で伝えてくれるの～？　成長と今後の伸びしろしか感じない～うちの子天才～。

推しがその場にしゃがみこんで頑として動かないの、可愛いが過ぎるぅ～ほっぺた真ん丸だねぇ～

母上今すぐ絵師呼んで来るからしばらくそのままでいてくれるぅ〜？

そんな感じで接していたら、最近アルフレートの方が空気を読むようになった。未来の片鱗《へんりん》が見える。さすがアルフレート。私的には推しと並んで廊下にしゃがみこむのは全然アリなのだが。いつまでだってできるのだが。

だが、これは子育て以外のことを一切やらなくても、他にやってくれる人がいる貴族の奥様だからこそなことは理解している。

私、貴族の奥様で良かった。貴族が私をもらってくれて良かった。ありがとう夫。ありがとう皆。この世のすべてに感謝。但し実家は除く。

「ははうえ、もぉたって」

「はぁい♡」

早くも三歳となり、語彙が増えた最近のアルフレートはお願いも命令もしてくれる。推しに上目遣いで命令されるとか最高かよ。しかも無料《タダ》で合法とか。ここが天国か。

こんな厚待遇、私は前世までにどれ程徳を積んだのだろう。今ドバドバ徳を使い果たしているけど。来世はタニシとかかな。

先程まで廊下で無意味にしゃがみこんでいた現実などなかったかのように颯爽《さっそう》と部屋へ戻るべく握られた推しの手は温かくて柔らかくて小さいのに力強い。この感触を知ることができただけでもう来世はタニシでいい。タニシばっちこい。

こんなに幸せで良いのかな。そのうち何かしら取り立てられるようなことにならないだろうか。なんて。

「奥様」

来訪者を迎えたダニエラが扉の横から私を呼ぶ。

「あら、レネー。帰って来たのね。おかえりなさい」

開いた扉の前に立っていたのは夫の副官、レネーだ。

夫とレネーは領兵たちを率いて国境で隣国と小競り合いしに行っていた。おじいさんは山へ柴刈《しばか》りに、みたいなライトさだが、実際結構な頻度なのだ。辺境伯の妻として嫁いでからこちら、私もすっかり慣れてしまった程に。

「ただいま戻りました。坊っちゃんも、元気にしてましたか？」

「れねー！　おかーり！　いっしょにあしょぶ？」

「うーん、レネーも坊っちゃんと遊びたいんですけど、今はユスティーナ様とお話ししなきゃいけないんです。ちょっとだけ坊っちゃんのお母上をお借りしますね」

子供に目線を合わせて話す辺りがさすがであるレネーに、アルフレートも不満そうに唇を尖《とが》らせながらも従順に頷《うなず》く。

かっわい。なんていい子なの。推しに幸あれ。

「良い子ね、アルフレート。ダニエラと待っていて」

言葉通りにまっすぐダニエラに向かっていく我が子の後ろ姿を見送りながら「旦那様はまだお忙しいの？」とレネーに尋ねる。

返事の代わりにレネーは姿勢を正し、正面から私に向き合った。

「ユスティーナ様、まず深呼吸しましょっか」

「え、なんで？」

突拍子もない言葉に意図を聞き返しながらも意識して深く息を吸って吐く。

「うん。大したことじゃないんですけど、落ち着いて聞いて下さいね？」

「何よ。勿体《もったい》ぶって」


「閣下がわりと重傷を負いまして」


今、この瞬間に私は徳を使い果たしたらしい。

真っ白な頭の片隅で、そんなことを思った。

夫の執務室の扉を開けると、執務机の前に立った家令と、机の向こうで椅子に座って話をしていたエドゥアルトが同時にこちらに目を向けるや、これまた同時に表情を強張《こわば》らせた。

「ユスティーナ!?」

焦ったようにエドゥアルトが立ち上がり、こちらに早足で歩み寄ってくる。

「だ、だっでぅ……あるいでぅ……」

手を伸ばして目の前の夫に触れる。

固い。温かい。動いてる。

「生ぎでうぅ……!」

ぼったぼた涙がこぼれ落ちるが、拭っている暇がない。私は今夫を撫でて触って掴《つか》んで揉《も》んで、無事を確かめるのに忙しい。

「レネー！　お前ユスティーナに何を言ったんだ!?」

エドゥアルトが私を抱き締めながら私の背後に声を荒らげる。

「いやぁ。オレとしてはユスティーナ様の反応が読めなかったので、前置き多めに丁寧な説明をしようとしたんですけど」

「旦那ざまがぁ～じゅうじょーだっでぇ～！」

「はちゃめちゃに動揺されまして、この様です」

私の背に回ったエドゥアルトの腕に一瞬力が入ったが、すぐに脱力し、慰めるように私の背中を撫で擦《さす》った。

「うゔぅ〜！　レネーがいつにない言い方するから、旦那様が死んじゃうのかと思ったぁ〜！　怖かったあ〜！」

「すまない、ユスティーナ。私は大丈夫だ。レネーは後で叱っておく」

「後で叱られますのでもう泣かないで下さいユスティーナ様。閣下はこの通りしっかり生きてますから」

「むりぃ〜」

涙や鼻水でぐしょぐしょの顔を押し付けたエドゥアルトの胸からは心臓の音がするし、背中に触れる手は優しくて温かいし、むちゃくちゃ怖かったし、めちゃくちゃにほっとしたし。

予期せぬ感情のジェットコースターに乗せられた私の涙はしばらく枯れることがなかった。


落ち着いて話を聞いたところ、夫の左腕は折れているらしい。

「だ、大丈夫なのですか？」

前世でも今世でも突き指より大きな怪我《けが》を経験したことのない私は、ぐるぐると固定された夫の左腕を恐る恐る撫でてみた。痛いの痛いの飛んでけー。

「ああ、骨が折れても動けるのであれば怪我のうちにも入らないのだが」

「それはオレらの理屈ですからね。ユスティーナ様にとっては閣下が怪我するなんて青天の霹靂《へきれき》でしょうし、万全の対策を取ってお話しするつもりだったんですが」

それはそう。

今日もレネーのお気遣いが光る。全然効果なかったけど。

「取り乱してしまってごめんなさい……」

片腕折れてる人に鼻水まで拭かせてしまった。今更ながらに気恥ずかしい。

アルフレートですら最近は自分で顔を拭うのに！　全然拭き取れてないけど、私がやりました！みたいなドヤ顔がスーパーウルトラスペシャルキュートなのだ。それだけで満点。パーフェクトである。逆に汚れが広がっていても許せるくらいには。

「いや、レネーに任せず私が直接顔を見て説明すれば良かった。すまない」

うっ。夫まで謝らせてしまった。

違うんです。レネーの説明中に私が頭真っ白になってボロボロ泣き出してオロオロする周囲に構いもせず執務室《ここ》まで突撃しちゃったのが悪いんです。ごめんねアルフレート、ダニエラ。ついでにレネー。あと廊下ですれ違ってびっくりしてた使用人たち。

何より夫！　今も私への頭撫で撫でをやめない夫！　アルフレートにだってこんなに甘くしてるの見たことない！　本当にごめんなさい！！！

「旦那様……ほんとにもう大丈夫ですので……」

レネーも家令も黙って空気になってくれてるけど、視線が痛い。家令は視線も不躾《ぶしつけ》にならないよう配慮してくれているが、レネーは全然配慮してない。めっちゃ見てる。そんなチベットスナギツネみたいな顔するくらいなら見ないでよ!!

ああ、と応えた夫は、最後に私の髪を一筋掬《すく》うと、チュ、と軽く口付けた。

「おっぐ」

不意打ちのイケメン仕草だったので私の喉からはどうしてか低くて汚い声が出た。

「二度と君を悲しませることがないよう精進しよう」

イッッッケメーン！　はい優勝！　いっぱいちゅきぃ～！！！

落ち着いた結果、スルースキルが磨かれつつある夫と、好きぴのイケメンぶりが許容量オーバーでプルプル震えるしかない私と、チベットスナギツネ二匹のカオスな執務室ができ上がったのだった。

「ところで閣下、本当にトマーシュの家には自ら赴かれますか？　ユスティーナ様も心配されてますし、オレだけでも事足りますよ？」

「構わん。私が行くのが筋だろう」

大怪我を負ったというのに、夫は予定が詰まっているらしい。

休んでくれと言いたいが、これは私が口を挟んでも良い案件だろうか。とりあえず様子を見る為、上司と部下のやりとりを黙って見守っておく。

「トマーシュの子はルカシュという名だったな」

「そうです。まだ一歳にもなっていない筈《はず》ですね。今回の件でテレザも必要以上に参ってしまわないと良いのですが」

「………あの」

様子を見てたら秒で黙っていられなくなったので挙手とともに声を上げた。

「どうしましたユスティーナ様」

「……ルカシュという子供がいる、テレザという女性の話をしているのよね？」

「そうです」

「今から旦那様がその女性のもとを訪ねる、ということで合っているかしら？」

「そうだ。ユスティーナ、テレザを知っているのか？」


知っているのか？　ですって？？？


「………旦那様の、愛人の方ですよね？」

できるだけ冷静に、と自分に言い聞かせていたが、声がほんの少し震えてしまった。

一瞬の静寂の後に、室内にいた男たちは一斉に目を剥《む》き叫んだ。


「「「はあ！！！？？」」」

2

小説にも登場するアルフレートの腹違いの弟、ルカシュの母の名をテレザという。

バルトシェクの屋敷で生まれ育ったアルフレートとは違い、別宅に住む母子。

エドゥアルトとテレザは身分差が災いしてか、籍を入れていない。

テレザはアルフレートに「あなたの母親になりたい」のだと訴え、アルフレートを困惑させる。

父の再婚に反対しているわけではなく、純粋に母親がどんなものなのか、どう接すれば良いのか分からなかったから。

アルフレートがエステルとともに実母ユスティーナの跡を探し、墓を発見するきっかけになるエピソードだ。

つまり、ルカシュはエドゥアルトの子であり、テレザは後妻未満の愛人である。

「いやいやいやいや！　全然違いますよ!?　ルカシュはトマーシュの子です!!」

「奥様、誰が奥様にそのような虚偽の情報をお伝えしたのですか!?」

あれ？

レネーも家令も真剣かつ深刻な様子である。男同士の連帯感的なやつで夫を庇《かば》っているわけではないらしい。

私は困惑しながら夫へ目をやった。夫は手のひらで目元を覆ってしまっている。片腕が折れていなければ、両手で顔を覆っていたことだろう。

え、泣いてる？　ひょっとして夫、泣いてるの？

小説と違い、私が生きているから、テレザはエドゥアルトの愛人になれなかったのだろうか。

でも、父親が違うのに子供の名前も小説と同じっていうのはアリなの？

小説が改変されても「テレザ」の子が「ルカシュ」であることが重要だとか？

「ユスティーナ様？」

考え込んでしまった私の目の前で、レネーがひらひらと手を振る。

私は探るようにレネーの顔を見た。

「……テレザさんの旦那様はトマーシュさんと仰るの？」

「ええ、そうです」

レネーははっきりと答え、頷いた。

トマーシュ。記憶にない名前だ。小説でも一度名前が出たかどうかというところだろう。しかし、ルカシュとの父子の縁を感じる名前である。エドゥアルトよりよっぽど。

私の記憶に抜けがあるのかと悩んでいると、夫が低い声で命じた。

「……ユスティーナと二人にしてくれ」

え、二人きりとか今はちょっと、何か嫌。

私が意見を言う前に、レネーも家令も「はっ！」と声を揃《そろ》えさっさと部屋を出てしまった。

えええ～！　待ってよぉ～！　奥様の意見も聞いてよぉ～!!

「ユスティーナ」

指の間から翠《みどり》の目が私を射抜く。逃がさないと言わんばかりに眼光鋭い。

夫は泣いていなかった。ある意味ほっとする。

「聞きたいことがある。……お互いに、だろうが」

「…………はい」

いつもより低く、重く、緊張感のある声で告げられ、そう答える以外に、この場で私に何が言えただろう。

「私に現在君以外に肉体関係を持っている相手はいない。君と結婚して以来、というのが正しいか。証明しろと言われても難しいが、レネーは私の大体の行動は把握している。レネーに証言させてもいい。何か質問は」

「あ、ありません……」

「そうか。では私から聞かせてもらおう。何故テレザが私の愛人だと？」

小説ではそうだったからです、というのは理由にならないだろう。

客観的に見ると夫は常に妻から別の女の存在を疑われてきたのだ。傍《はた》から見れば特に何の根拠もなく。自分の立場だったらブチ切れている。めんどくさい女が過ぎる。

ないことを証明することはあることを証明するより困難だということは私だって知っている。

知ってはいる、のだけれど。

「……えぇとぉ……」

「あぁ」

「……えぇーとですね……」

「うん」

夫の視線は微動だにせず私を捉え、一言だって聞き漏らすまいという意志をその相槌《あいづち》から感じる。

あ、これ喋《しゃべ》るまで逃がす気がないわ。

結婚して数年、無口だと思っていた夫は伝える為の言葉を惜しまない人だと知った。

エドゥアルトが言葉にしないなら、伝える必要がないと思っているのだ。分かってもらえなくても良い、簡単に理解を示して欲しくないと思っている。

たとえ、相手が聞きたいと願っている言葉でも。

「旦那様が……」

「うん」

「私をどう思っているのか、口になさらないので……」

愛らしい、とか大事にしたい、とかは聞いたことがある。でも好きだ、とか愛してる、はついぞ聞いたことがない。

政略結婚スタートで、そんな言葉を期待する方が無駄、かも知れない。だけど。

結局はそういうことだ。私はエドゥアルトに絶対に愛されている、小説なんか関係ないと言い切るだけの自信が持てないでいる。

「……ユスティーナ」

「わーっ！」

名を呼ばれ、私は慌ててエドゥアルトの口を両手で塞いだ。

言って欲しいと強請《ねだ》って言わせた言葉に、本当に意味はあるのだろうか。

聞きたいけど、今は聞きたくない。

我ながらめんどくさい。自覚はあるが、譲れない。

「……い、今はいいです……」

あなたが、いつか私に伝えたいと思ってくれたら。

……あれ。そもそもこの人私のこと好きなの？　大事にされ、尊重されてるとは思うけど、それってライクでもできることよね？　エドゥアルトの中に私へのラブはあるんか？

え、怖。想像で怖くなってきた。

エドゥアルトに何とも思われてないとか虚しさがヤバい。死にたくなる。

なんだかまた涙が滲《にじ》んできた。私の涙腺が貧弱過ぎる。

翠の目はそんな一人で騒ぎ、一人で青くなり、一人で泣きそうになっている私を冷静に見ていた。

とんとん、と私の手の甲がエドゥアルトの指で軽く叩《たた》かれる。放せ、ということだろう。

放してもいいけど、何も喋らないで欲しい私は手を放すのを迷った。

すると、エドゥアルトは私の後頭部を掴んで引き寄せる。

「うっ、わぁ!?」

当然私に対抗する術《すべ》はない。ぶつかる、と思い咄嗟《とっさ》に放した手をエドゥアルトの両肩に置く。

鼻が触れる程近くに、エドゥアルトの整った顔がある。

何を言われるのかと身構える私に、エドゥアルトは顔を傾け唇を合わせた。

髪に落とされたものなんか目じゃない、舌を絡ませるキスをされる。

……無理やり言わせるのも、めんどくさい女と思われるのも嫌だけど、誤魔化されるのも嫌だ。

右の拳でエドゥアルトの肩を強めに叩く。叩いた後で夫は左腕を骨折していることを思い出した。

慌てて叩いた肩を撫で擦ると、差し入れていた舌を戻し、唇を離したエドゥアルトは俯いて肩を震わせている。

何!? なんかわかんないけど今私笑われてる!?

文句を言おうとしたら、抱き締められた。

「君には敵《かな》わないな」

……こ、こんな、笑いまじりに耳元でイケボ出されたって、ご、誤魔化されたりしないんですからねっ!?

私は断じて誤魔化されなかった。イケメンとイケボに屈しなかった私を褒めて欲しい。

屈しなかったので愛じ……もとい、テレザさんの所へ行く夫に付いて行くことにした。

ちなみに、何故夫が愛じ……もとい、テレザさんの所へ行かなければならないかというと。

「……トマーシュさんが?」

国境で敵の急襲を受けた夫を、庇ったのが近くにいたトマーシュさんだというのだ。そして自ら盾となるように敵と夫の間に身体を入れたトマーシュさんは斬られ、その場でこと切れた。「生まれたばかりの子供と、妻をお願いします」という言葉を遺《のこ》して。

自分を庇って亡くなった兵士だ。夫が人任せになどする筈がない。ここまでは納得がいく。

「トマーシュの最期の様子を伝えるのと、今後の補償の話をしなければならない」

こんな話を聞かされてしまえば、もう行くなとは言えない。だけど夫と愛人（仮）を知らない所で対面させてしまうのは嫌だ。古来よりラブストーリーは突然に始まるものらしいので。

なら、とりあえず私もその場に行けば良いじゃない。今妻の、正妻の、この私が！

「寡婦を励ますのも領主夫人の仕事よ！　そうでしょう⁉」

正論を主張するが、夫もレネーも疑わしそうな目で見てくる。

「小さい子供がいる母親同士！　どんな助けが必要なのかも分かる筈です！」

「はぁ」

「歳も近い女同士よ⁉　男には話せないことも気軽に話せちゃいます‼　決して損はさせません、備えあれば憂いなし‼　今ならお得です‼」

「どうします？　閣下」

私の売り込みを聞いたレネーは夫に投げた。そう露骨にめんどくさがらないでよ。

「ユスティーナの好きなように」

夫は相変わらずだ。相変わらず私を尊重してくれる。

好きとは言ってくれないけど！！！

「いいですか旦那様！　テレザさんとは私かレネーが話しますから！　本題以外に何か言いたいことがある場合は我々を通して下さいね⁉」

「閣下？」

「……ユスティーナの好きなように」

男に二言はない。そんなところも夫がイケメンな所以《ゆえん》なのである。

トマーシュさんとテレザさん夫妻の家は、町の中心から少し外れた場所にあった。

閑静といえば聞こえはいいが、町中より人通りも少なく、領主が愛人を囲うにはうってつけである。

「この辺は領兵が家族と住む家が点在しています。町の周辺の護衛も兼ねているんです」

レネーが私の不穏な思考を察したのか、釘《くぎ》を刺すような説明をしてくれた。へー、そうですか。

夫は我々のやりとりを横目に、とある家の扉をノックする。すぐさま若い女性の声で応えがあった。

さあ、出て来い愛人！　正妻が受けて立つ！

扉が開き、出て来たのはふわふわのミルクティー色の髪を持つ小柄な女性だった。

「はい？　……りょ、領主様!?」

飛び上がるように驚き、わたわたと慌てる様子が小動物を思わせる。

「君がトマーシュの妻、テレザか？」

「はっ、はい。テレザはわたしです」

「突然ですまないが、トマーシュのことで話がしたい。時間をもらえるだろうか」

「はい！　あ、時間……は良いのですが、今家の中が散らかっていて……！　あの、ああ、どうしたら……」

テレザは今にも泣き出しそうにおろおろと領主と家の中を交互に見やった。

「ああ、大丈夫です。子供がいると全部に手が回らないもんね。閣下と君が座って話せるスペースがあれば我々は文句言わないんで」

ね、と柔和な笑みを浮かべたレネーが私に振る。

領主夫人にしばらく立ってろって？　別にいいけど。前世での校長先生の話で鍛えられているから。

「ええ、勿論。急に来てしまったこちらが悪いのだもの」

私もニッコリ笑ってみせたが、テレザはとんでもないものを見てしまったかのように目を真ん丸に見開いた。

「ふ、夫人までこんな粗末な家に⁉　どうしましょう‼　あの、本当に何のおもてなしも……」

一層大きくなったテレザの声に呼応するように、室内から赤ん坊の泣き声が聞こえて来る。

「あ、ルカシュ、ま、待ってぇ。今お母さんちょっと、あの、む、無理だからぁ」

「……あの、本当に我々のことは良いんで。大人なんで全然待てますから」

「今はルカシュくんを優先してあげて？　ね？」

レネーと私の二人がかりの説得と、エドゥアルトの鷹揚《おうよう》な頷きにより、テレザは涙目でペコペコ頭を下げながら一旦家の中へと戻っていった。

「……トマーシュのやつ、上手くやったなぁ」

「何がだ」

「テレザはリディーツの女性にしちゃ気性も穏やかで、大人しいし。男からしたら守ってあげたくなるっていうんですかね。独身時代は結構モテてたんですよ」

「ああ、言われてみればお前好みだな。狙っていたクチか？」

「……閣下、そういう下世話な話を奥様の前でするのはどうかと思いますよ」

「お前が言い出したんだろう」

「そうそう。奥様はその辺の木だとでも思って、どうぞ続けて」

促すと夫とレネーの二人分の視線が降ってきて、話はそこで終わってしまった。

えー。せっかくだから男子トークもっと聞かせてよぉ。

「レネー振られちゃったの？」

「……言っときますけど、オレがテレザを知った時にはトマーシュが熱心に口説いている最中でしたから。部下の思い人相手に何も始まってませんし、振られてもいませんから」

「うんうん。それで、本当のところは？」

「オレはいつだって本当のことしか言ってませんが？」

「あの、すみません、お待たせしました」

レネーの恋バナを聞き出そうとしている所にルカシュを抱いたテレザが戻って来た。

チッ、しょーがないから今日はこの辺にしといたらぁ。


もし、大切な人が自分の知らない所で命を落としたら、その時の状況を、何があったかを知りたいと思うのは、当たり前のことだと思う。

何故、どうして、あの人がそんな目に遭わなきゃいけなかったのか。

知ったとして結果は変わらない。やり直しなんかきかない。今更自分が死に目に会うことも敵わない。それでも。

知らないではいられない。大切な人が、最期に、何を見たか。何を思っていたか。安らかであったか。寂しくはなかったか。

敵わなくとも、きっと、思わずにいられない。


「陣内で、まさか敵襲があるとは思わなかった。……というのは、私の怠慢だな。真っ先に気付いたのはトマーシュだった。奴《やつ》らの狙いは私で、武器を取る間もなかったので敵の初撃を左腕で受けて、一度距離を取った。すぐに詰められそうになった所で、トマーシュが間に入り私の代わりに斬られた。その間に他の者たちも異変に気付き、敵は制圧できたのだが……。……トマーシュの最期の言葉は、『生まれたばかりの子供がいるんです』『どうか妻と息子をお願いします』だ。……その後、敵の本隊が迫って来ていた為、準備が整わないこちらは一旦退《ひ》くこととなった。トマーシュを連れて帰れなかった。貴女にはお詫《わ》びのしようもない」

テレザは嘆きも喚《わめ》きもせずに淡々とした様子でエドゥアルトの話を聞いていた。

エドゥアルトが頭を下げるとすぐに「いいえ」と首を横に振ってみせる。

「尊敬する領主様を守れたのだもの。……あの人、誇らしかったと思います。今の自分があるのは領主様のおかげだって、いつも言ってましたから」

「……助けてもらっていたのは、こちらも同じなのだがな」

「うふふ。……ところで領主様」

「何だろうか」

「奥様は……その、大丈夫なのですか？」

「…………レネー」

「はいよっと。ユスティーナ様、追加のハンカチ来ましたよ。一人でチーンできます？」

何この温度差。何故私だけが嗚咽《おえつ》を堪《こら》えきれない程号泣してしまっているのか。

残念なことにつられ泣きでも何でもない。未亡人どころか赤ん坊すら泣いてないのに私だけが泣いている。気まずさと恥ずかしさがやばい。あと、レネーはアルフレートの子守りが板に付いてきたのは何よりだが、それを私にまで適用しないで欲しい。

「ご、ごべっ……だざい……」

「あの、奥様お水飲まれますか？」

「すまない。頼めるだろうか」

もうやめて。優しくしないで。今この中の誰より労《いたわ》られなきゃいけない人間に気遣われているとか申し訳なさが限界突破してる。はじっこで埋まっておきたい。

「ぐぐぅ～」

情けない。でも涙が止まらない。

「奥様、お水です。飲めますか？」

テレザの手で器に入った飲み水が差し出される。

私はこくりと頷いて、器を両手で受け取った。

テレザは私が受け取ったことに幾分ほっとした様子で片手で、抱き上げていたルカシュを両手でしっかりと抱き締める。

目の前の母親の仕草を見ながら、私は器に口を付けた。

水を飲んだら、嚥下《えんか》した筈の水が染みだすように、いっそう涙があふれてきた。

「お、奥様!?」

「ごえんなざい……」

「どうされました？　どこか痛いのですか？」

テレザはおろおろしながらも、俯き気味の私の顔を覗《のぞ》き込むように床に膝を突いた。

こんなところからも、彼女の人となりを感じる。

小説のテレザは、アルフレートに母として受け入れてもらおうとするその姿が、女として媚《こ》びているかのように描かれていた。

アルフレート推しの私は、アルフレートを困らせるキャラは総じて敵視しがちだ。

彼女にどんな動機があるのか、何を思っていたのか知ろうともせずに。

「ばごとにぼうじわげございばえん……」

「えっ、えっ？　あの、奥様？」

もう床に這《は》いつくばるしか謝罪のしようがない。

「ユスティーナ様⁉」

「ユスティーナ？」

しかしながら私の立場は領主夫人。領民相手に土下座なんてまずやらない、やっちゃいけない人間である。

しかし、だけど、でも。

私は領主夫人である前に人として、彼女に誠心誠意謝らなければならない。

「どうされたのですか、奥様」

「……よろごんで、じまっだの」

「……何をですか？」

私の背中に触れる、彼女の小さな手は優しい。こんな人に、私は。

「……旦那ざまが生ぎてでぐえだがらぁ〜」

私の知らない誰かの命が犠牲になっていても、私はエドゥアルトが生きて帰って来てくれたことが嬉《うれ》しい。

酷《ひど》い話だ。罪深い。救いようがない。

目の前の、ご主人の最期を聞いても涙も流せない彼女を見て、ようやくそれに気付くなんて。

「……奥様」

私の自分勝手な懺悔を聞いても、テレザが私の背中を擦る手は変わらなかった。

「いいのですよ、奥様。奥様は、それで良いのです。愛する方が今そばにいることを、あなたは喜んでいいんです」

テレザはそう言ってくれるけれど、私の涙が作る床の染み以外に、何かが木の床に落ちる音がする。

「……おかしいですね。トマーシュが死んだって聞いても、全然実感が湧かなかったのに。泣いて悲しんでやることもできない薄情な妻だったのに。……奥様が羨ましくて、……羨ましくて、涙が出るだなんて」

私は流れ落ちていく涙を拭いもせずにいるテレザを抱き締めた。

ちょっと前までテレザが抱いていた筈のルカシュはいつの間にかレネーの腕の中にいる。さすがお気遣いの紳士。さすす紳。

「……ごめんなさい、テレザさん」

「……ううっ、謝らないで下さいぃ」

「うん……ごめんね」

「トマーシュ……うわぁん、トマーシュゥ」

私たちは暫《しば》し抱き合って声を上げて泣いた。

テレザと私が抱き合って盛大に泣きじゃくった為、これは今後の事務的な話をするのは難しかろうと判断したらしい夫とレネーは、私たちが落ち着いた段階で詳しい話はまた後日、と私を連れお暇《いとま》することとなった。

そんな帰りの馬車の中で夫が言った。

「友人ができたようで良かったな」

……ゆう、じん？　……トモ……ダチ……？

理解が及ばずつい宇宙を背負ってしまった。

友達ってあれでしょ。血の繋《つな》がりや法的契約がないにもかかわらず対等かつ好意的な関係の間柄の人。

今世の私には縁のなかった種類の人間だ。

以前ふざけてレネーに「私たちズッ友よね」と言ったら何言ってんだコイツって顔された。

傷付いた。慰謝料を請求してやろうかとまで考えて、そもそも「ズッ友」という言葉がこの世界には存在せず、通じないことに気が付いたのだ。

でもレネーのことだから発言の意味は分からなくとも発言の意図はなんとなく分かっていた気がする。そう思えばこれ以上深掘りしてはいけない気がして私は考えることをやめた。誰も幸せにならない悲しい出来事だった。

そんな私にとって夜空に輝く星のように遠い存在。トモダチ。ユウジン。ツレ。

「……旦那様」

「何だろうか」

「私の理解では友人というのは、互いがそう思って初めて成立するものだったような？　今日会ったばかりでよく知りもしないのに一方的に友人扱いするのは問題があるのではないでしょうか」

しばらくの間、夫は私の言葉を咀嚼《そしゃく》し、呑《の》み込むことに集中するように言葉をなくした。

ぽくぽくギシギシ馬車がたてる音だけが響く。

「…………そうだな」

漸《ようや》く返ってきたのは優しげな声と可哀想な子を見るような生ぬるい眼差しだった。

何か！　間違ったことを！　言いましたかね！！？

夜、夫の部屋。ソファでくつろぐ夫を前に私は声を上げた。

「私が！　旦那様の！　お世話をいたします！」

強めの決意表明に、夫は不審げな顔をする。

「君が？　私の？　世話？」

律儀に聞き返された。私はこっくり頷く。こっっくーり。

「その腕では色々ご不便でしょうから」

「……君に負担をかけるような怪我ではないが」

「負担ではありません。協力です」

そう。協力。……別に無理言って連れて行ってもらった先で号泣し、夫が最後まで目的を遂げずに帰るに到った件を挽回《ばんかい》したい的な下心はない。ちょびっとしか。

「何でも仰《おっしゃ》って下さい！　入浴の介助とか、排泄《はいせつ》の介助でも！」

ふんす。

拳を握って自分を売り込む私に効果音を付けるならそんな所だろう。

「……必要ないし、仮に必要なら君ではなく従僕にさせるが」

「いえ、私がやります！　夫婦ですので！」

病める時も健やかなる時も、を今やらなくていつやるの！　いずれ介護が必要になるかも知れないし、予行演習だと思って！　できる妻なところを見せて、勝手に泣き出しレネーの分と夫の分を合わせてハンカチ三枚を消費した女のことは忘れて欲しい！

「ふむ。……君にしては中々積極的な誘い方だな？」

「はい？」

「泣く程不安にさせてしまったようだし、そうだな。詫びを入れるべきか」

「え？　あの？」

「おいで、ユスティーナ。……今晩は君の手を借りよう」

いや、何この雰囲気。

私は介助をするって言ったんですよ。いやだわあなた、ご飯はさっき食べたでしょ的なやつ。

こんな、えっちぃ雰囲気になるなんて想定外にも程があるんですけど。

何で？　何が夫のスイッチを入れたの？

答えが見つからぬまま、私は流れるように夫婦の寝室に誘導された。

どうしてぇ。


結婚して早数年。

子供も授かり、夫婦仲も悪くない。もう夜の生活も慣れたもんだろって思うでしょ？

ととととと当然じゃないっすか、めっちゃ慣れたし。慣れまくりだし。もうぜんぜん、全然問題とかないし。やだわぁ。ウヘへ。

……いや無理でしょ。滴るような大人の色気を纏《まと》ったイケメンと二人きりで過ごすなんて前世でも耐性ないわよ。どうしろと。

基本、すべて夫に任せている。私はさあどうぞとベッドに横になるだけ。貴族のお嫁さんはこんなものだって聞いたし！　脳内会議ではそう結論が出たし！

だが、前世の知識がある私は、普通の貴族のお嫁さんよりは性的な知識がある。実践経験はないですけど！　喪女舐《な》めんな！

そう。知ってる。色々知ってるよ。知ってるだけだけどね。

「では、上になってくれ」

「きっ」

上げかけたのは悲鳴ではない。体位の名前を叫びかけたので、なけなしの理性で止めた。

私は貴族の妻。元お姫様。女性が男性の上に乗って腰を振るような積極的な体位の名前をご存じ！みたいに叫べる筈がないのである。

「……むりですぅ」

泣きが入るのも致し方ないというもの。

「……手を貸してくれるのでは？」

「うっ」

このまま泣き落とそうと思ったら痛い所を突かれた。何で夫はちょっとワクワクしてるの。やめて。

無理なものは無理だからそんな目で見ないでぇ。

「……だって」

「腕が折れていて両腕を使うことが難しくてな」

「……知っています。でも」

「いつもの体勢が少々厳しい。……協力してくれるのだろう？」

「あの、片腕だといつものの何がダメで」

「何でも、協力すると聞いた気がするんだが」

あああゴリ押しー！　夫のゴリ押し珍しいー！　しかもぐうの音も出ない内容でのゴリ押しー！

「……ちょっとだけですからね……」

しぶしぶ折れた私に、夫はよくできましたと言わんばかりににっこり笑ってくれた。

くっ、イケメンの無駄遣い。


いや、本当無理でしょ。無理寄りの無理。無理でしかない。

「入りませんが？」

「いつもは入っている」

そりゃそうでしょうけど。

私は手を添えた夫のものを自分の秘所にあてて、そろりと腰を動かしてみる。

あ、ちょっといい所に当たっ……って違う。

「入りませんってば！」

「君が腰を下ろせば入る」

だからそれが怖いっつってんの!!

「無理です！　怖い！　こんなおっきいの入れたら壊れちゃう！」

こっちはガチで文句を言ってるのに何でこのイケメンはちょっと嬉しそうなんですかねぇ？

罵られると興奮するタイプだったの？

私の胡乱《うろん》げな視線に気付いたのか、夫は誤魔化すように咳払《せきばら》いをした。

「無理なら、今日はやめておこうか」

今日は!?　譲歩したように見せて今日はって言ったな、今！

しかし今日はなしだと言うならそれはそれでありがたい。夫優しい。二言《にごん》のある妻で申し訳ない。

「……そのまま、あまり動かないように」

「へえ？　え」

夫の手のひらは大きくて、片手でも私の腰を半分は覆ってしまう。

その手のひらに力が入り、腰を掴まれたかと思ったら下に落とされた。知らないうちに膝立ちしていた膝も払われていた。そして私の手は会話の間も律儀に夫のものに添えて自分の秘所に宛てがっていました。

私に為す術などない。拒否するどころか何が起こるか理解する間さえ与えられなかった。

酷いと思う。無理だって言ったのに。夫は私の「無理」を「自分で入れるのは」無理だと解釈したらしい。ちっげぇんですよね。こんなに近くにいるのに相互理解って難しいですね。

突然の暴挙により飛んだ意識の中で、そんなことを考えていた。


口は勝手にはくはくと動き、空気を求める。ほろりと涙が落ちた。

あらぬところが痛い。具体的にどこが痛むのかとか考えたくない。

「入っただろう」

どやぁ、じゃねーんですよ!!

その顔アルフレートそっくり！　可愛い！　ムカつくことに！！！

「だ、旦那様……」

私は自分でも知らぬ間に掴んでいた夫の肩を、より強く掴む。唸《うな》れ私の握力。

「何してくれてんですか？」

もう爪が食い込んだって構わない。

腕が折れてる？　知ったこっちゃありませんね。

どやっていた夫は私の怒りに気圧《けお》されてくれたようだ。若干、だが。

「……君が、無理だと……」

「そうですね。私が無理だと言ったから私に代わってやって下さったんですね？　何の断りもなく突然無理矢理ね？？？」

この野郎。普段性生活に消極的な妻が乗っかってくれるチャンスだからって浮かれて調子に乗っちゃったのか？

……なんだそれ可愛い。

ちょっとキュンときた。多分私の頭は些《いささ》かおかしい。

惚《ほ》れた方が負け、というのは真理である。

「……わかりました。もういいです」

「ユ、ユスティーナ……」

「お望み通り！　お手伝いいたしますよ！」

自棄《やけ》である。だが、時に勢いは大事だ。

私は夫の上で小刻みに腰を揺すった。

……うわぁ。これは。

私は動かしていた腰を止めた。

突然キレられ、突然ちょっとだけ動かれ、かと思えば突然止まられた夫は困惑しながらも私を注意深く窺《うかが》っている。

「…………むりです」

「あ、ああ。無理はしなくていい」

「……ほんとムリ」

私は夫の胸にもたれた。夫の顔が見られない。

「こんな……自分で、自分だけ気持ちよくなるのを、旦那様に見せつけるみたいな……無理です……」

私の羞恥心が火を噴いた。業火である。大炎上である。

顔が熱い。やばい。騎乗位のハードルたっかい。破廉恥が過ぎる。

私の行動をしばらく黙って見守っていた夫だが、ごくり、と喉が動いた。と、思ったらがっちり腰が掴まれて、前後に揺すられた。

「やっ、やだやだやだっ！　なんで!?　やだってゆったのに!!」

私は夫の首にしがみついたまま叫ぶ。

「無理、とは、言われたがっ！　嫌、とは、言われて、ないっ！　クソ、やはり片手では無理だな」

「いやって言いました！　今いっ……」

文句の途中でひっくり返された。

さっきまで夫の上に乗っていたと思ったら夫の下にいた。意味がわからない。

「んっ、あっ」

何故かその間に高くて鼻にかかった、甘えた声が出た。マジでイミフ。

だってなんか、ぐるんってした時にちょっと気持ちいい所に当たって……

「あっ、やだ、旦那様っ」

「すまん。我慢してくれ」

無断でひとの片足掴み上げといて我慢も何もないと思う！

そして、片手だといつもの体勢がきついって聞いた気がしたけど寝言だったんですかね⁉


「ひどいと思う」

「すまない」

「奥は気持ち良過ぎて怖いって何回も言ってるじゃないですか……何嬉しそうにしてるんですか？

話聞いてますか？」

「……すまない」

「やだって言っても聞いてくれないし。なんなんですか今夜は。遅れてきた反抗期ですか？」

「……だが閨事《ねやごと》の中での『いや』は違う意味かと」

「いやは嫌だし、止めては止まれですよ？　アルフレートと一緒に言葉のお勉強しますか？」

「……申し訳ない」

夫は消沈している。罵られて喜ぶタイプではなかったようで何より。……まあ、確かに？　大怪我のインパクトで戦場から戻った夫はいつもより激しめなのを忘れていた私も悪いかも知れませんが⁇

「……反省してますか？」

「勿論。この上なく」

「……では、反省し終わったら、ぎゅってして下さい」

聞こえなくてもいいくらいのボリュームで囁《ささや》いた言葉は、しっかり夫の耳に届いたらしい。端っこで正座させていた夫はいそいそとベッドの中央へ戻って来た。

叱った後の動きがアルフレートに似てて、吹き出しかけたのを咳払いで誤魔化す。

夫の腕に囲われて、胸に耳を当て、ようやく人心地がついた。

……この一定のリズムで動いているものが止まるなんて、あたたかい体温が失われるなんて、そんな恐ろしいことが起こり得たなんて。今後も、起こり得るなんて。

無意識に滲んだ涙は目を閉じることでやり過ごす。最近涙腺が緩くていけない。

もうどこにも行かないでずっとここにいて、とは立場ある夫にはさすがに言えないのだから。

3

「るーぅ、るー？　ねちゃった？」

「あら本当。アルフレート様がいらっしゃるとルカシュは安心するみたいです。よく眠ってくれて助かります」

「るーあんしん？　ははうえ、るーねちゃいました」

「うふふ、そうね」

はーーーーーーー可愛い。

推しと赤子の組み合わせ、絵面が強い。楽園が過ぎる。額縁がないのが不思議。

アルフレートはルカシュの寝顔を覗き込んで離れない。ソーキュート。

「いっぱい食べていっぱい寝て、早く大きくなったら、アルフレートとたくさん遊べるようになるかしらね」

少なくとも私がルカシュならそう思う。テレザもアルフレートとルカシュを見ながらにこにこと頷いている。

「よろしくお願いしますね、アルフレート様。ルカシュに色々教えてやって下さい」

アルフレートはテレザを見上げ、ルカシュを見下ろし、決意に満ちた横顔でこくりと頷いた。

「うん」

ほあーーーーーーーきゃんわいいいい～！

母親の違う婚外子の弟も決して邪険には扱わなかった小説のアルフレートを思い出す。

彼も、身分や立場に関係なく、ただ自分より小さくか弱い存在を大切にしようと思っていたのかも知れない。

我が子としてのアルフレートのそばに、彼より幼い子供はこれまでいなかった。

年長者の自覚に目覚めた凛々《りり》しい我が子……！　兄の顔をする推し……！

カメラ、カメラが欲しい。今この瞬間を切り取って記録に残したい。これから死ぬまで何度だって見返していきたい。

それが叶わぬ為に網膜に焼き付けるしか方法がないのだが、最近私の目はポンコツだ。すぐに視界が滲んでしまう。

「奥様」

控えていたダニエラがそっとハンカチを差し出してくれた。さすがダニエラ。今日もしごでき。

初回ではトモ……ダチ……？　状態だった私だが、幼い子供のいる母親として何度かテレザと会っているうちに、トモダチ……そう、友達ってこういうのだったような……!?　と前世の記憶が疼《うず》く所まで関係を進めるに到った。

争いの絶えない辺境の地であるリディーツでは、生きていることが何より重要であり、私の外見の色に一切頓着しない人も夫やレネーをはじめ、それなりにいてくれる。

テレザもその類いの人であるらしかった。ありがたい。そういえば彼女は小説でもアルフレートの目の色を忌避することがなかった気がする。

二人で元気に遊ぶ子供たちを見ながらお茶を飲んで「最近夜泣きが酷くて……」「ああ～、そういう時期あった～！　うちの場合はね～」などと語り合う。

これが……世にいうママ友……！　決して誰しもがなれるわけではない、友人関係の一種……！

胸アツである。ユスティーナは友達を手に入れた！　ティロリロリン！　（レベルアップ音）
「……奥様は、普段から涙脆《もろ》い方なのですか？」
「いえ、まあ、アルフレート様が絡むと、なんというか些か……多少……わりと……？」
テレザは私のことを私ではなく常に控えているダニエラに尋ねることがままあるが、まあ、そういう友情もあるだろう。ここにあるったらあるんです。

「最近、何か困っていることはない？」

友達としてが半分、領主の妻としての責任が半分の質問に、テレザは一瞬不自然な反応を見せた。

「……いえ、何も」

「テレザ、私が領主夫人だからと気兼ねしないで。些細《ささい》なことでもいいの。あなたの思っていることが知りたいわ」

私がそう言ってテレザに微笑《ほほえ》んでみせると、彼女は暫し考えるような素振りを見せてから切り出した。

「……実は、最近この辺りで見知らぬ男性を見た、という方がいて」

おや。不審者情報？　予想と違っていたが、私は頷いて続きを待つ。

「見知らぬ、というのですが、フードを被っていて誰も顔は見ていないと言うんです。それ以外の特徴が知り合いではない、ということらしくて」

「そうなの。怖いわね。この辺をよく見回ってもらうようにお願いしておきましょう」

「あっ、いえ！　この辺りは外からやって来て領兵になった方々が家族と住んでいる場所なので、町外れではありますがそれ程危険や不安はないんです。ご近所の方もトマーシュのことを知っているので、よく様子を見に来て下さいます。あの、それよりわたし……」

テレザは言いにくそうに俯いた。俯き、両手を組んで握り、指先を白くしながら小さな声で呟く。

「わたし……その人がトマーシュなんじゃないかと思ってしまって……」

小さな室内を沈黙が包む。

自らがもたらした沈黙に耐えかねたようにテレザは顔を上げ、すぐに自分の言葉を否定した。

「すみません奥様！　わたし、おかしなことを……」

「おかしいことはないわ」

今度は私がすぐにテレザの言葉を否定する。震え、揺らぐようなテレザの目をまっすぐに見つめた。

「あなたのご主人はまだ帰って来ていないのだもの……あなたがそう考えたとしても、何もおかしくないわ」

たとえ願望でも、十中八九ありえない話だとしても、そう思うこと自体が間違いだなんて、どうして言えるだろう。

それはそれとして、傷心の未亡人の心を弄んだ不審者の罪は重い。極刑確定である。地獄に落ちろ。

今にもこぼれ落ちそうな程に瞳を潤ませるテレザに真新しいハンカチを差し出しながら、内心そんなことを思うのだった。

「ああ、その話は聞いている」

我々夫婦の日課、報告連絡相談の際にテレザから聞いた不審者情報を話すと、夫はあっさり頷いた。

「テレザたちは若い女性と赤ん坊の二人暮らしですから、気にし過ぎるくらいが良いと思うのです」

「そうだな。……だが、あそこに住んでいる者たちは血の気が多くてな。治安維持の名目で下手《へた》に手出しをすると面倒なことになりそうなんだ」

夫はそう言って悩ましげに顎を撫でる。

なるほど。他所《よそ》からやって来てまで兵士になった人たちが多い地域で「君たちの住んでるところ最近変な奴出るらしいじゃん。治安どうなってんの」は確かに言葉選びや話の運び方を間違えたら喧嘩《けんか》じゃ済まない気がする。

「テレザが屋敷に来るなら話が早いのだが」

領主の仕事に、寡婦に職を斡旋《あっせん》するというのがある。

そして双方にとって最も手頃なのが「領主の屋敷で働く」なのだ。

屋敷は人が多いし敷地も広いので、子供とやって来て住み込みで働くことも可能である。

それを理解しているが故に、私は小説においての愛人を家に招き入れようという夫の発言に動揺もしないし、穿《うが》った見方もしない。

何より、既に打診され、テレザはこの話を断っているのだ。

そうした方が良いのは分かるが、トマーシュと過ごした家を離れるのはまだ踏ん切りがつかない、と。

今のテレザはまだ亡き夫のトマーシュを想っているし、エドゥアルトは私とアルフレートを大事にしてくれている。

これから小説通りになるのかも分からないが、とにかく今は違う。

テレザは優しい、良い子だ。だが、じゃあエドゥアルトの愛人として受け入れられるかというと、それはもう、考えるまでもなく絶対ノーである。

多分、今のところ全然まったく死ぬ気配のない私がそのうち何かしらの要因でポックリ逝くことがあったとしても、許せないと思う。草葉の陰から呪う自信しかない。

だって、エドゥアルトのことが好きなのだ。誰かと好きな相手を分け合うような器量を、私は持ち合わせていない。

「ユスティーナ？」

ふいに黙ってしまった私を気遣うような夫の視線を受け、顔を上げる。

「君がテレザの所へ行く時の護衛を増やすことはできる。今はそれで勘弁してくれないか」

「……すべて決められるのは旦那様ですのに、私の許しが必要ですか？」

「勿論」

ちょっとした嫌味に間髪を容《い》れずに答えと嘘のないまっすぐな視線が返ってくるから、いたたまれない心地になる。

大事にされている、尊重されている。

それが分かるのに、どうしてもっと、もっとと求めてしまうのか。


「人の業って、つくづく厄介よねぇ」

「……どうされました、奥様。何かお悩み事ですか？」

「大丈夫です、テレザ殿。奥様のこれは発作のようなものですので、その実大した意味はございません」

ダニエラめ。そうだけどさぁ。女子しかいないんだから、壮大な前置きから始まる恋バナのひとつもしたって良いんじゃないですかねぇ？

せっかくの青い空も揺れる緑もどことなく小憎らしい。

我々は今、テレザの家の近くでピクニックのように敷物を広げ、くつろいでいる。

女子しかいない、と言ったが、男子もいるにはいる。赤子と幼児が。あと、一定の距離を置いて護衛の兵たちが。

男子は全員世間話に参加しそうにないのでカウントしなかった。

ああ、世の中何もかも思い通りにいかない。小憎らしい。そして、寂しい。

……夫はまたしても国境へ行ってしまった。怪我人のくせに。

怪我人のくせに、敵に怪しい動きがあると聞いてじっとしていられる夫ではないのだ。立場的にも、性格的にも。

私も、旦那様行かないで！　なんて言えやしなかった。主に立場的な理由で。

だから、笑顔で送り出した。いつもみたいに。帰って来ないかも知れないなんて微塵《みじん》も思ってなかった頃のように。

夫もレネーもちょっと困った顔をしてたので、私の気持ちなんてだだ漏れだったかも知れない。

でも、結局奴らは出掛けて行ったのだ。

これはもう、誰かに恋バナに見せかけた愚痴でも聞いてもらわなきゃやってらんない。

未亡人になったばかりのテレザに聞かせる話かって？　分かってるわよ！　でも私の交遊関係の狭さを舐めないで欲しい！　聞いてくれそうな相手が他にいないんですぅ！　それに、私だって場所も相手もわきまえず全部をまるっと愚痴るつもりないですぅ!!

無意識に尖った唇もそのままに顔を上げると、いつもはルカシュに釘付けのアルフレートが、遠く、一点を凝視していた。

珍しい虫でもいたかな？　と思いながら視線を辿《たど》って、凍りつく。

フードを被った見知らぬ男が我々のいる場所へ歩いて近付いてきていた。

護衛は!?　咄嗟に視線をめぐらせても、一人も見当たらない。なんでっ！！？

何故かさっきまでいた筈の護衛がおらず、あれが噂《うわさ》の変質者なら、私がすべきことは一つ。

「アルフレート！　ルカシュ！」

子供たちを後ろに庇うように前に出る。

とにかく、子供に手出しはさせん！

「奥様っ」

ダニエラが後ろから緊迫感のある声を上げる。

振り返ると、後ろからも護衛ではない別の男が私たちに近付いていた。

うわっ！　変質者が増えた！

ダニエラがアルフレートを、テレザがルカシュを庇うように抱き締める。

「はじめまして、バルトシェク夫人」

手を伸ばしても触れない程の距離をあけて、フードを下ろし私の前に立った変質者その一の第一声は朗らかな挨拶だった。

「……何か御用？」

なんかこの質問、既視感がある。そんなことを考えながら尋ねる。狙いが私だけなら良いのだけれど、皆をどうやって逃がすべきか。

「是非、夫人には私どもに付いて来ていただきたく。……可愛いお子さまも、いることですし」

「……私だけが、行けば良いの？」

「奥様！」

ダニエラが非難するように私を呼ぶ。

いやだってもうこれ選択肢がないようなもんだし。

「お話が早くて助かります」

「……あなたに褒められるようなことではないわ」

そう言って立ち上がろうとした。と、ドレスが何かに引っ掛かった感触。振り返ればダニエラの腕の中のアルフレートが私のスカートの裾を握っている。

その表情は緊張していた。泣きも騒ぎもせず、ただ私を行かせまいとする意思だけがそこにあるかのように。

「……アルフレート」

私はそっと小さな手を握り込む。ふにゃふにゃした白い紅葉のような手のひらだったのに、いつの間にか力が強くなったものだ。

「ダニエラの言うことをよく聞いてね」

「……ははうえ」

「良い子ね。母上は大丈夫よ。少しお出掛けして来るわ」

身の安全に何の保証もないが、ここでそれをおくびにも出すわけにはいかない。

我が子の前で無様に震えない自分の声や手に、ほっとする。

「奥様、駄目です」

テレザが首を振りながら小声でそう訴える。

「……テレザ、あとは」

よろしくね、と言おうとした所で男が声を上げた。

「テレザ？　……ああ、あんたが」

男はニヤニヤと笑ってテレザを無遠慮に眺める。

「あの裏切り者、トマーシュの女か」

……裏切り者？

何のことか分からないけれど、遺族の前で故人を侮辱するのは人として如何《いかが》なものか。

そう思い、声を上げようとしたところで、男が続けた。

「あんたの男、まだ生きてるよ」

「……は？」

思わず素直な声が漏れた。

生きてる？　生きてるって何？　誰が？

「……トマーシュが、生きているの？」

私が混乱しているうちに、テレザが呆然《ぼうぜん》と男に問いかける。

「ああ。まだ、な。……まあ、肝心の所で裏切った、落とし前はつけてもらわなきゃなんねえから生きて会えると思わ……」

「トマーシュは、どこにいるの」

今度ははっきりとした声でテレザが問いただす。

私は男とテレザをハラハラしながら交互に見守った。

「……会いてえって？」

「そうよ」

「ふぅん」

男は検分するようにテレザを眺めた。

「おい」

背後から別の男が抗議の声を上げるが、見事に無視される。

「……いいね。アイツも女房や子供がどうこうってうるさかったから。一緒に来る？」

「行くわ」

「テレザ!?」

まさかの即答。私はオロオロするばかりである。

「……ダニエラさん、ルカシュをお願いします」

「お、お二人とも、一度冷静になって……」

私とテレザの間で目を泳がせながらもルカシュを受け取ったダニエラが真っ青な顔で言いかけるが、

最後まで言葉にすることはできなかった。

「奥様、お供します」

「えぇ……はい……」

テレザは見たこともないくらいキリッとした顔をしていた。

……止められない。ダニエラ、そんな目で見られたって私にはテレザを止められないよ……。


「……旦那様に、私を人質に取ったことをお知らせするのよね？」

テレザと小さな幌《ほろ》付きの荷馬車でどこぞに移送されながら、見張りの為に共に荷台に座る変質者その一に尋ねる。

「そうですね」

「なら、私にも一筆書かせてちょうだい」

おっと、今緊張と荷馬車の揺れで噛《か》み掛けたけどセーフセーフ。

生まれは（一応）姫、現辺境伯夫人が荷馬車の荷台に文句も言わずに適応してることに感謝して欲しい。

「はは。そのお願い、通ると思います？」

「通るわ。私の旦那様は慎重なお方なの。前線にいて、こちらに何があったか詳細が分かるまで下手に動いたりしないでしょうね。私の筆があった方が話が早いわよ」

まあ、こんなこと言ってる間に私たちがこいつらに連れ去られたことが早馬で伝えられているかも知れないけど。

どれ程のものか私は知らないけど、リディーツの情報網を舐めちゃいけないって以前レネーがドヤ顔してたし。

変質者その一は悩ましげな顔をし、私は更に後押しをする。

「……テレザのお願いは良くても、私のお願いは聞いてもらえないのかしら？」

ニッコリ。

貴婦人の妙技、笑顔で皮肉る。

私だってできるのだ。なんせ、貴婦人なもので！

変質者その一は、一瞬ポカンとした後腹を抱えて笑いだした。

「リディーツの女は気が強いって聞いてたけど、マジなんだな。領主夫人から庶民の女までそうとは恐れ入る」

はあ？　失礼な。淑女を気が強えー女と思うならお前の言動がそうさせてるんだよ。

その一の笑いが引っ込むのを待つ間に、隣のテレザをちらりと見る。

私たちが話している間も黙って俯くテレザは、膝に乗せた両手をきつく握っていた。

死んだと聞いていたトマーシュが生きているという。

そりゃあ、会いに行かずにはいられないだろう。

それが明らかな嘘だとしても、嘘だったと心から納得するまで止まれないに決まってる。

私ならそうする。だから、テレザを止められなかった。

領主夫人としては失格だな、と内心苦く思う。

こんな不確かな話に乗らせるより、領民の安全を取るべきだった。

そう、頭では分かっているのだけれど。

夫の声が浮かぶ。

『ユスティーナの好きなように』って。

逢《あ》いたい。今、私だってそう思ってる。

なら、私にテレザを止める権利なんて、きっとないのだ。

4

私の方向感覚は人並みである。誇る程でもなければ、しょっちゅう迷子になる程でもない。

だが、壊滅的に辺境の地理を知らない。

箱入り辺境伯夫人の私の行動範囲なんて、屋敷と領都の町の一部が精々なのだ。

ましてや、幌付き馬車で周辺の景色を遮られた状態で移動したならば、現在地なんて分かろう筈もない。

筈もないし、降ろされた場所に特定できそうな特徴的なものも何もなかった。

ただ木立の中に粗末な小屋が数軒あり、見るからに粗暴そうな男たちが辺りをうろついている。

確証はないけれど、ここはリディーツではないのかも知れない。

あの夫が、この誰が見ても治安が悪そうで近付くのを躊躇《ためら》うような拠点を放置してる理由が想像つかない。

夫が容易に手を出せない場所、国境。下手すると隣国かも知れない。

夫への私の拉致を知らせる手紙は既に出された。揺れる馬車の中で書かせられたのは、この場所の手がかりになるようなことを書かせない為だったのかと今頃気付いた。

普通にわがままに対する嫌がらせかと思ってた。馬車はガタガタ揺れるし、当然文字もガッタガッタ震えるし、そのまま馬車酔いして中で吐いてやろうかと思った。

その一はそうして私が書いた手紙を一読し、私を見、また手紙を見て、何かを諦めたように首を振り、黙って手紙を同封してくれた。

何よ。とても貴婦人が書くような内容ではないとか字が汚過ぎるとか、思ったならはっきり言えば良いじゃないの。諸々《もろもろ》見逃してくれたことには感謝するけど。

私はちょっとだけやさぐれた。

そんな私とテレザが連れ込まれたのは小屋のひとつ。

小屋の中にはベッドが数台並んでいて、消毒液のにおいが鼻をつく。

ベッドは何台か埋まっているが、全員が全員こちらに注意を払うこともない。身体が動けば、というところか。

清潔さが行き届いた、とはお世辞にも言えないが、ここは病室であるらしい。

「……トマーシュ」

隣のテレザが小さく呟いたかと思うと、すぐにベッドの一つに向かって駆け出した。私も慌てて後を追う。その一はのんびり付いて来た。

「……テレザ？」

ベッドの上で上半身を起こしながら信じ難いと言うように目を見開き、テレザを見上げるチョコレート色の髪の男。

初めて見るが、兵士なだけあり精悍《せいかん》な印象を受ける。

「トマーシュ！」

「テレザ！」

互いしか見えていないかのように見つめあった二人は、そのままひしと抱き合った。

感動の再会である。テレザは涙を流し、それを見た私の涙腺も刺激される。

よかったよかった……！

トマーシュはテレザ越しに私を認め、今度はぎょっとしたようだ。

ああごめんなさい。二人を邪魔する気はないのだけれど領主夫人を無視するのも難しいわよね。

「……どうして」

トマーシュは震える声で呟くと、私の後ろにいるその一に向かって吠《ほ》えた。

「何故テレザまで連れて来たんだ！　その女だけで良かった筈だろう！」

…………ん？

「お前の嫁がお前に会う為に連れてけって言ってきたんだよ」

その一が淡々と事実を述べる。トマーシュはまだ動揺しているようだった。

「だからって……、っ頼む！　テレザは何も悪くない！　テレザは、妻だけは助けてくれ！」

…………えーっと。

……わたし、なにか、したっけ？

テレザ悪くない。同意。私悪い？

……清廉潔白とは自称しにくいが、テレザと違って煮るなり焼くなり好きにしてくれと初対面の相手に言われる程の悪行をした覚えはないんだが？

「トマーシュ!?　何を言うの!!」

テレザが悲鳴のような声を上げる。

良かった。テレザから見ても私は悪人ではないらしい。

「なあ！　頼むよ！　テレザは何も知らなかった！　オレは何も話しちゃいない！」

「……トマーシュ？　何を……」

「あれ？　そうなんだ。お前が生きてるっつったら疑いもしないから。何かしら聞いてたのかと思ったのに」

「……トマーシュ……」

「違う!!　テレザは知らないんだ!!　妻を家に、子供のところに帰してくれ!!」

テレザが途方に暮れた声を上げる。

私も上げたい。話が不穏過ぎる。何も聞かなかったことにして帰りたい。

「お前に、決める権利があると思うか？」

その一がせせら笑う。

「た、頼む……お願いだ……」

旗色の悪さを察したトマーシュが震える声で懇願した。

「男のお願いを聞く趣味はねえんだよ」

「おっ、お願いします！」

にべもないその一に、テレザも震える声を上げた。

「わ、わたしのことは良いから、せめて奥様を……」

「テレザ！　ルカシュはどうするんだ！」

「だって奥様は……！」

「……残念。そのお願いは聞けないね」

その一が私を見る。怯《ひる》まないように、足を踏ん張ったのが誰にもバレていないといい。

「だって、夫人はエドゥアルト・バルトシェクを殺すのに必要なんだから」


あれは、いつ頃のことだっただろう。


『私なんてほとんど屋敷に引き籠もっているんですよ？　常に護衛が必要とは思えません』

そう言うと、夫は残念な子を見る目で私を見た。

『……ちゃんと！　私が！　敷地の中で！　襲撃を受けたことは覚えておりますけど!?』

『そうか』

自己弁護をすると、よろしいと言わんばかりにあっさり頷かれた。ぐぬぬ。

『なら護衛を付けることに疑問を挟む余地はないと思うが？』

『……あれから屋敷の守りを更に固めたって聞きましたよ？』

『……襲撃の以前も疎《おろそ》かにしたつもりはなかった』

平行線である。

『……何が気に入らないんだ？』

交わらない、と見せかけてすかさず歩み寄りの姿勢を見せる。

夫のこういうところは敵わないと思う。

『…………視線が』

『うん』

『……常に自分に向いているのが、あまり』

『……なるほど』

明確な悪意を向けられたわけではない。たとえ私の外見をどう思っていようと、その辺りは護衛につく領兵もプロである。隠しもするだろう。

リディーツは確かに私の外見を気にしない人もいてくれるが、全員がそうというわけでもない。

そしてそれは仕方のないことだと思う。

人に見られるのが怖いなんて領主夫人として言い訳にもならないのは百も承知である。

だが、それが日中ずっととなると耐え難い。有り体に言ってストレスフル。こっち見ないでぇー！

って話だ。

『……君には酷なことを言うようだが』

この前置きはこれ以上譲歩しないってことだ。私は早速ふてくされる。私の唇が尖るのを見ながら、夫は諭すように言った。

『君は私の弱みになるんだ』

ぱちくり、目を瞬く。

……よわみ。弱み？　剣も策謀もお手の物だったエドゥアルトの？　私が？

『……君が害されれば私は平常心ではいられない。……愚かな夫の為と思って、護衛を付けることを許して欲しい』

……ずっ、ずるい！

こんな風に心配なんだと諭され、おねだりされて、護衛ヤダー！　とかもう言えない！

『……たっ』

『うん』

『……たまには、レネーを貸して下さい』

『……お前たちは、必要以上に仲が良いな？』

うって変わって夫の声に不満が滲む。

えっ何それ嫉妬!?　カッワイイ!!

っていうかエドゥアルトが嫉妬!?　マジ!?　ヤバ!!　語彙が死ぬ程ヤバイ!!

するんだ!?　嫉妬!!　エドゥアルトが!!　嫉妬!!

私は感動にうち震えながら言い訳した。

『……レネーは、私を適度に放っておくので……』

『……一度アイツとは話をしておこう』

夫がレネーと何をどう話したのか私は知らない。

でもそれからも私の行く所には護衛が付いて来たし、レネーも時々護衛を務めてくれた。

……アルフレートと遊んで時々お茶とお菓子を食べて、主にサボってた気もするけど。

視線は、前ほどは気にならなかった。むしろ護衛の視線を感じると、ちょっとにやけてしまったり。

旦那様ってば、仕方ないなぁって。


予想はしていた。

相手は私ではなく夫に用がある。私はエドゥアルト用の人質なのだろうと。

仮に我々夫婦の仲が冷めていたって、妻を人質に取られて動きがまったく制限されない夫は少ないだろう。

ましてや我々は領主夫妻。身内に手を出されて黙っていては、領民にも示しがつかないのである。

そう。だから私は一筆書いたのだ。

夫宛てではない。夫に「来るな」って言ったって聞くわきゃない。

そこまで予測した私はレネーに宛てた。「絶対に旦那様を寄越すな」って。

レネーの優先順位は私＜＜＜エドゥアルトである。間に越えられない壁がある程だ。越える気もないけど。

レネーでなくとも、私の命よりエドゥアルトの命の方が重要で不可欠なのは火を見るより明らか。小説が証明している。

私がいなくたって、アルフレートは大きくなって、自分の手で幸せを掴む。

でも、エドゥアルトがいなかったら？

幼いアルフレートは？　リディーツは？

……無事で済むわけがない。

両手を合わせ、握る。

エドゥアルトの弱みになると言われた時から、それを自覚した時から、覚悟はできている。

……できている、つもりだけど。

一目逢いたかったな。せめて顔が見たかった。

あなたの弱みになれて、不謹慎かも知れないけど嬉しいって、あの時ちゃんと伝えれば良かった。

「すみませんね、夫人。あなたを餌にエドゥアルト・バルトシェクには出て来てもらわにゃいかんのですよ」

「……そ」

「おい！　エドゥアルト様を殺すだなんて聞いてねえぞ⁉」

……今、私のターンだったでしょうがぁ！

ていうかトマーシュ貴様、テレザもエドゥアルトも駄目だけど私は殺しても良いみたいな言い方やめて！　地味に傷付く！

「うるせぇなぁ」

そうだそうだ。ちょっと黙ってろって言ってやんなさい、その一。

「あのお方が死んだらリディーツはどうなるんだ！　国の一部が減るかも知れねえってのに、お前ら王家の犬は隣国とつるんで何企んでやがる‼」

…………ほわっつ？？？

今聞き捨てならないことを聞いた。

……どこの王家が夫の暗殺計画に一枚噛んでるって？

「おれらみたいな下っ端に、上の方の考えなんて一生かけたって分かるかよ。死にたくなければただ言われたことをやるだけだってね」

そう言ってその一が自嘲する。

「……っ、クソ王家が……お前らどこまで……！」

トマーシュの目がその一から私に向く。ぎらぎらと光る、憎しみのこもった目が。

それを受け止め、私はふ、と息を漏らす。

なるほど？　オーケー。私を見て連想する『王家』の話なのね？

つまり、レイシー国王がリディーツを、エドゥアルトを売ったと。ついでに私も売られたと。いや、私はとっくに売り飛ばされてたんだったわＨＡＨＡＨＡ。

あぁ、はいはい。そういえば私と一瞬にいたアルフレートについては見逃してくれたもんね。

あれかな？　アルフレートは一応王家の血が入っているから、城で国の良いように教育してからリディーツを取り戻させる、みたいな？

二度と王家に歯向かうような辺境伯は作らせないってね。なるほどなるほど——ふざっけんなよ。

百歩譲って私のことは良いわよ。でもアルフレートから両親を奪う？　エドゥアルトを殺す？

そんなの許さない。私が庭で襲撃された件での処分について話し合った時、夫が私の意見に見るからに不満げだったのを思い出す。あの時、手心を加えず夫に任せれば良かった。

そしたら今頃王家を潰していたかも知れない。私の夫は有能なので。

……いや、今からでも間に合う筈だ。潰す。もう許さん徹底的に潰してやる。

エドゥアルトと手を取り合ってアルフレートを玉座につけることに、もはや迷いなし！

「……お、奥様……？」

テレザが恐る恐るといった風に私を呼ぶ。

気付けば周囲が引いていた。

「あの、あの、奥様。と、トマーシュがすみません……っ！　その、どうか、お、お許しを……」

「テレザ、そいつに近付くな！」

「……夫人、今の何がそんなに楽しかったんですか？　いや、純粋に楽しいって笑い方ではなかったけど……」

どうやら私は笑っていたらしい。

人間、どうしようもないと笑うものだ。

いや、どうしようもないのは私ではなく王家だが。

「……気にしないでちょうだい」

私は改めてにこりと笑ってみせた。

だが、テレザとトマーシュは手を取り合ってこちらを見てるし、その一は何故か後退《あとずさ》った。

……さて。このままでは済まさんぞクソ王家。

私の家族に手を出したことを夢に魘《うな》される程後悔させてやる。


……なんて息巻いても、今の私にできることはない。

テレザやまだ満足に動けないトマーシュと引き離された後も、私は粛々と人質役をこなした。だがその間も脳は王家を呪うことに忙しい。滅べ。爆発しろ。おっちね。

「……夫人、何言ってるか知らないけどぶつぶつ呟くのやめてもらえます？　怖いんで」

その一の苦情はもっともだが、当初の遠慮がないなコイツ。

そこで私は気付いた。最低限の礼を執ることができて黒幕も知っているその一が、下っ端？

実行犯という意味ではそうかも知れないが、こやつもしや平民ではないのでは？

私はじっとその一の顔を見た。見たが……該当する記憶がない。

そりゃそうか。私は城にいた頃別宮の一室に引き籠もっていた。

社交なんてしたことがないし、兄弟姉妹はおろか使用人にも下手に接触しないようにしてた。

理由？　石投げられるから。物理的に。

……私、よく許してたな？

いや、許してたわけではないが、反撃らしいことをひとつもしてこなかった。ただ黙って耐えてた。

暴力に暴力で返すのは良くないなんてぬるい……もとい、高尚な考えがあったわけではない。

私が悪い、生まれてきてすみませんとか本気で思っていたのだ、あの頃は。

今思えば前世の記憶が戻り、前世の価値観を思い出したあの時、嫁ぐ前に奴らに何かしら投げ返しときゃ良かった。前世の私は学生時代ハンドボール部に所属していたのである。いや、ちまちまボール大の石を拾って投げ返すより棒状の物を持ってフルスイングした方が効率が良いかな？　何の効率かはご想像にお任せします。

……話が逸れた。

その一が城に出入りできるような立場であっても、今となっては私にそれを知る術はない。

でも、どっかで見たような気も？　しないでもないような？　なきにしもあらずでもないんじゃないかなー的な？

「……夫人」

その一が私を呼ぶ。

「……何かしら？」

「……夫人って、見るだけで相手に呪いをかけられたりとかしませんよね？」

私にそんな力があったら、とっくに王家は滅亡してるんだが⁉

「残念ながら」

「そうですか。では両手を出してもらえますか」

その一はそう言って縄を取り出した。

「……私が見つめるだけで相手を呪えたなら、縛られずに済んだのかしら？」

「うーん。どうでしょうねぇ」

話をする間にも腕は拘束されていく。

「……ねえ、あなた名前は？」

ヒントが欲しくて尋ねると、ちょうど私の腕を縛り終えたその一はちらりと私の顔を見た。

「……名前で呪います？」

確かに見つめるだけよりは呪えそうな気がする。

「やってみるわ。教えてちょうだい」

「……どうぞ夫人の好きなようにお呼び下さい」

何よ。ちょっとしたジョークじゃないのよ。意気地なし。

「なら、そうするわ」

本名を教えてくれないのならば貴様はこれからも変質者その一だ。

意気地なしのその一は、その後の他愛ない会話の中でも名前を教えてくれることはなかったけれど、腕を縛る際に見ただろう私の指先の震えについても触れてこなかった。

その一は救いようのない程嫌な奴ではないようだ。変質者ではあるけれど。

5

「……少し、大げさではないかしら？」
周囲を見渡しながら尋ねる。その一は「そうですよね」と同意しつつも
「でも、エドゥアルト・バルトシェクを殺《や》るならこのくらいはしないとって言うんですよ。ひょっとして辺境伯って化け物だったりします？」と大変失礼なことを言ってのけた。

「ひとの夫を化け物呼ばわりしないでくださらない？」

苦情を言うと、その一はわざとらしく首を竦《すく》める。

人質の受け渡し場所として指定したらしい小高い丘には、両手を縛られた私、その横に立つ変質者その一、そして周囲に両手では足りない程の武装した男たち。

男たちの持っている武器や格好はたまに見たことがない形や装飾のものがまじっている。

つまりはリディーツの、引いてはレイシー国の者ではないってことだろう。

「……この中でレイシー王家の犬とやらはあなた一人なの？」

「ワン」

しれっとした顔で一鳴き。詳しく教えてくれる気はないらしい。

「……大げさ過ぎる程迎える準備をしてくださってる所申し訳ないけど、旦那様なら来ないわよ」

その一はドングリのような色の目を静かに私に向けたが、何も言わなかった。

そう、夫は来ない。

きっと来たがる。だが来られない。何故なら私がレネーにどうしても夫が出て来ると言ってきかないなら当て身でも入れて意識を刈り取るように厳命しといたからだ。

指定した時間通りに夫が来なければ私は殺されるだろう。

だが、エドゥアルトが死ぬよりずっといい。

私はレネーに命じた内容に一切の良心の呵責《かしゃく》がない。

夫に恨まれても構わない。私が死んだ後、テレザではない後妻を迎えても……まあ、良しとしよう。

これぱっかりは、致し方ない。

……ああ、でも。恨んでくれても憎んでくれても良いけど、嫌われるのはイヤだなぁ。

考えただけで鼻がツンとして視界が滲む。こぼれてしまわないよう、ぐっと目に力を入れて堪えた。

夫に最後に会った時、私はどんな顔をしていただろう。不満たらたらで送り出してしまった。

エドゥアルトが思い出す私は、もっとこう、儚《はかな》げで可憐《かれん》に微笑んだものであって欲しいのに。夫の思い出補正に期待。

「時間は？」

武装した男たちの一人が、その一に尋ねた。

「……そろそろだ」

その一は周囲の影や日の傾きを見て、冷静に返す。

来ないわよ。来る筈ない。レネーにそうお願いしたんだから。レネーなら私と同じことを考える。

エドゥアルトより私が死んだ方が被害が少ないって。労力を払って助けるのなら断然エドゥアルトの方だって。

……少しくらい、走る練習をしておけば良かった。

私に貴婦人とは思えぬ程の韋駄天《いだてん》走りができたなら、生き延びるチャンスがあったかも知れないのに。王家が無様に滅ぶのをこの目で見届けられたかも知れないのに。

最後に、少しだけでも、あなたのそばに行けたかも知れないのに。

こんな知らない場所で、知らない人間に囲まれて、知らない奴に殺されるなんて嫌だ。助けてって泣き喚いてしまいたい。

あいたい、逢いたい。

もっと、ずっと一緒にいたかった。


「……夫人」

その一が私を呼ぶ。

「……なに」

「来ちゃいましたよ？」

きちゃいましたよ？　……何が？

疑問と共に過《よぎ》った願望を、打ち消す間もなく顔を上げる。

距離があっても分かる、漆黒の髪。翠の瞳。無駄のない、整った顔。厳しそうな雰囲気。逞《たくま》しい、大きな身体。

「……なんで」

熱い塊が、頬を転がり落ちた。

見違えるわけない。他の誰がその姿を似せたとしても、私を騙《だま》せるわけがない。

私が、夫を、エドゥアルトを間違うわけがないのだから。

でも、此処《ここ》にいるわけない。いられたら困る。

こんなにも夫に焦がれ求める思いが見せた幻という方がまだ納得できる。

だが、夢か現《うつつ》か分からぬ夫は私と目が合うと、私に向かってこう言った。

「……危機的状況下で、私ではなくレネーに手紙を宛てた理由を聞かせてもらいたいのだが？　ユスティーナ」

…………仮に私が見せた幻だったなら、夫はこの状況でドラマチックさとロマンチックさの欠片《かけら》もない現実的なこと言わないと思う。

つまり現実に夫は此処に来てしまったらしい。私の為に。

喜んじゃ駄目なのに嬉しい。

しかし旦那様、なんだか怒っていらっしゃいません？

いや！　いやいやいやいや!!　怒ってるのは私の方なんですが!?

何で来ちゃったの！　もう！　め！

……べべべ別に、来てくれて嬉しいなんてちょっとしか思ってないし!?

レネーは後で絞めよう。

混乱を極める私の目が、エドゥアルトの後ろに忍び寄る男を捉えた。

「だん……っ」

なさま、と呼び終わる前に夫は振り向き様に男を切って捨てる。

え、早っ……。私の夫、後ろにも目が付いてた？　剣もいつの間に抜いたのだろう。全然見えなかった。手品？　手品なの？

「テメェ！　こっちには人質がいんだぞ⁉」

人質？　あ、私か。ちょっと全然混乱が抜けない。展開に付いていけてない。

「女がどうなっても良いのか！」

わあ。凄《すご》い。まったく自覚がなかったけど、今の台詞《せりふ》すごい人質になってるわーって感じした。

思わず「あーれー」とか「お助けー」とか言いそうになった。

……いや本当まだパニクってるわね？

エドゥアルトは脅しに対し不敵に笑った。

「下衆《げす》が、俺の妻に指一本でも触れてみろ。生きていることを後悔させてやる」

男たちはエドゥアルトの迫力に怯む。私は拘束された両手で胸を押さえた。

えっ、かっこよ……。強者の余裕エグい。敵への威嚇により妻の心臓が止まりかけたんだが？

助けに来てくれた夫に殺されるんだが？

「ユスティーナ様、大丈夫ですか？」

「ダメ……死ぬかも知れない……」

「あらら。そりゃ大変だ」

いつもの調子で全然大変じゃなさそうに言われ若干イラッとしながら振り返る。

「……あら？　レネー。何してるの？」

麦わら色の髪。柑橘《かんきつ》の色の瞳。リディーツ領兵隊の制服。領主夫人の私を舐めくさった態度。

ご存じレネーである。

いつの間にか私の後ろにいたレネーは、変質者その一に剣を突き付けていた。その一は両手を顔の横に上げている。いつの間に。すぐ隣で行われていたことに全然気付かなかった。

夫がかっこよすぎて。夫がかっこよすぎて！

「見て分かりませんか？　どっかで頭打ちました？」

見た目はいつも通りのレネーだが、いつもより当たりが強い。

「……そんなことよりあなた、私の書いた手紙は読まなかったの？」

「読みましたよ。なんでオレだけに宛てたんですか？　最後になるかも知れないって思ったなら閣下にも一言くらい下さいよ。身に覚えのない罪で殺されるかと思いましたよオレ」

個人的には文字以外は過不足ない完璧な内容だと思っていたが、文字以外もまずかったらしい。

「……ごめんね？」

「許しましょう。代わりにユスティーナ様も閣下を止められなかったオレのこと許してくださいね」

「……それはまた、いずれ話し合いましょう」

馬車酔いと引き換えに書いた手紙をまるっと無視とは、不問にはし難い。

「かかれ！」

夫の号令の声に前を向き直すと、リディーツ領兵たちが武装した男たち目掛け駆け寄っているところだった。どこにいたの皆。

「……エドゥアルト・バルトシェク以外は呼んでないのに」

剣を突き付けられたままのその一が、その光景を見ながら文句をこぼす。

「ごめんねー。本人は一人でも来るつもりだったんだけど、こっちとしてはそういうわけにもいかないからさぁ」

レネーが気持ちの籠もっていない言葉だけの謝罪をする。

「……どうやって我々の背後を取った？」

「あれ？　知らない？　オレ、リディーツでは結構実力者で通ってるんだ。あと愛妻から一筆もらえなかった上司の八つ当たりで、一人であんたらの背後担うことになったから集団で動くよりはバレにくかったかもね。偉くない？　オレ。そんで酷くない？　上司」

愛妻……良い言葉である。韻を踏んでて語感も良い。愛する妻、愛妻……。

「ユスティーナ」

「うひょえ！」

噛み締めていたらいつの間にか夫が目の前に立っていた。

ちょっとビックリしただけじゃないの。レネーもその一もそんな残念なものを見る目で見ないで欲しい。

夫だけは私の奇声にも動じず、黙って私の両手を縛っている縄を切ってくれた。

「ありがとうございます……」

「怪我は？」

問いながら夫は私の腕に付いた縄の痕を擦る。

「ありません。私より旦那様のお怪我は？　大丈夫なのですか？」

そう。夫は未だ怪我人なのである。私の目は夫の左腕に釘付けだ。

「問題ない」

「そうなのですか……？」

素直に納得できないまま、夫の左腕を撫でる。添え木して固定してるから大丈夫……なのか？

夫の腕を撫でていたら、逆の腕で引き寄せられた。

夫が身に付けている胸の防具が痛い。固い。顔が潰れる。

「でゅあ、でゃんにゃしゃあ……」

抗議の言葉もひしゃげてしまう。

だけど夫は意に介さなかった。意に介さずそのまま、私の耳元で囁く。

「……無事で良かった」

深い安堵《あんど》が染み込んだような声だった。どうしてか私の視界が滲む。

あふれる涙もそのままに、夫を抱き締め返した。夫の分まで、両腕で強く。

6

「奥様！」

テレザが丘を駆け上って来る。

「テレザ！」

私は両腕を広げた。テレザは私にすがりつくようにして足を止める。上げた顔は今にも泣きそうだった。

「も、申し訳ありません奥様。奥様が一人で連れて行かれてしまって、わたしも行くと言ったのですが聞いてもらえなくて、奥様に何かあったらと思うとわたし……」

一生懸命に伝えようとしてくれていたが、後半は涙に負けてしまう。

「奥様が、ご無事で、良かっ……」

「ええ、ありがとうテレザ。私もあなたに何事もなくて嬉しいわ」

本当に。私たちは二人ともが決死の思いだったのだ。互いの無事を喜び抱き締め合う。

「でもテレザ、どうして此処に……」

「うちの情報網を舐めちゃいけませんよって前に言ったじゃないですか」

答えてくれたのはしゃくり上げるテレザではなく、その一を縛り上げ、夫と確認を行い、領兵たちに幾許かの指示を出していた筈のレネーだった。

「聞いたけど……」

「これは内緒なんですけど、内外に協力者がいます。周辺のきな臭いことは大体把握してると思ってもらって良いですよ」

つまりあのガラの悪そうな拠点は把握済みだったと。手は出さなくても監視してたと。

「こっちのユスティーナ様奪還に合わせて連中の拠点は既に制圧しています。うちがちょっと本気出せばこんなもんです」

レネーがドヤってる。凄いと思うのに何故か素直に称賛できない。そのムカつく顔やめろ。

「トマーシュ」

「……エドゥアルト様……」

こちらとはうって変わって少し離れた夫のいる場所からシリアスな空気が漂って来た。

「も、申し訳……」

「それは何に対する謝罪だ？」

ピシャリ。トマーシュの謝罪を遮る。夫が容赦ない。

トマーシュは何も言えず俯いてしまった。と、思ったら私を睨《にら》み付けて来た。

お？　この状況でやんのか？

夫がそばにいる私は些か強気である。

レネーにやっておしまい！　と言ってやっても良いんだぞ？　言っても多分従わないけど。

「……エドゥアルト様はあの女に騙されていらっしゃいます！　オレに指示を出したのは王家の息がかかった奴で……」

「……あの女？」

常に低音イケボな夫の声が、冷気を伴い倍は低くなった。気がする。

直接相対していない周囲にも緊張が走る。レネーは呑気に「あーあ」と呟いていた。

「……まさか、ユスティーナのことか？　トマーシュ。お前が、私の妻を、そのように呼ぶことを、誰が許した？」

「で、ですが……」

夫の発する威圧が凄い。あれを真っ正面から受けたのが私だったら間違いなく泣いてる。

そして夫があれ程までに怒っているのは私を侮辱されたせいである。トゥンク。しゅきィ。

「……この件に王家が関わっていると言ったか？」

「そっ！　そうです！　王家がエドゥアルト様の命を狙って……」

「証拠はあるのか？」

「奴に聞いて下さい！　奴が王家との連絡係です！」

トマーシュはそう言って縛られているその一を指差した。

その一は必死なトマーシュを一瞥《いちべつ》し、鼻で笑う。

「貴っ様……！　何がおかしい!!」

「自分のやったことを棚に上げて、より悪そうな奴を突き出すのはそんなに気分が良いもんかと思ってね」

「誤魔化すつもりか！」

「いや、憐れんでるだけだよ。まあ、同病相憐れむってやつかね」

温度差のあり過ぎる二人のやり取りを見ていたら、私の記憶の扉が突如ぱかりと開いた。

――――あ。

「ぎょしゃあ！！！」

咄嗟に叫ぶと今度は周囲の目が一斉に私に向く。

「……ユスティーナ？」

「……お、奥様？　どうされました？」

「……ユスティーナ様。ちょっとくらい空気読みませんか？」

違う！　でも確かに急に奇声を上げた体になったことは認める！　すまないと思っている！

私は丁寧に言い直した。

「御者。私がリディーツに嫁いで来た時、王家が出した馬車の、御者をしていた男です！」

あーそうそう！　思い出した！

あの時、御者は二人いて、交互に馬を走らせ、ほとんど止まることをしなかった。

……これまで城の外に出たことのないような姫が、降嫁するってぇのにだ。

宿を取ることさえなかった。私の為に出す宿泊費すらケチりやがったのだ、クソ王家は。

たまの食事と生理現象の為にしか止まらぬ馬車。犯罪者の移送だってもっと人権が守られていると思う。

思い出したくもない思い出である。

馬車が止まると、二人いる御者の会話が時々聞こえた。

若い方の御者の言葉だった。

『良い家に生まれたって、恵まれないこともあるってのは憐れだね』

――これからアルフレートというスーパーハイスペックウルトラハンサムナイスガイな息子に恵まれるからいーんですぅー!!

内心憤りはしたが、それだけだ。私も、御者も。五日もあったのに、会話すらなかった。

私たちは自分で選ぶことすらできない、赤の他人に手を差しのべる余裕すらない、ただ一緒に乗り合っただけの弱者だったから。

「……覚えて……らしたんですか」

変質者その一改め御者その一が信じ難いと言わんばかりに私を見つめる。

覚えていたというか今思い出したんだが……とは言えずに私はこくりと頷いた。

「……はは。高貴な御方の目にはおれなんて映らないもんだと思ってました」

「……そこまで視野が狭くはないつもりよ」

確かに、身分の低い人間を視界に入れない者はいるけれど。

「……あなたが私を無事に送り届けてくれたから、私は此処にいられるのだもの」

五日も休みらしい休みを取れないまま、よく無事故で走り通してくれたものだ。

おかげでエドゥアルトに逢えたし、アルフレートを産むことができた。感謝している。

……いや、私御者その一に拉致されたんだった。感謝メータープラマイゼロだわ。

「……もったいない、お言葉です」

その一は俯いたまま小さく呟いた。


「自分が気にも留めないものを、誰しもが気に留めないと思ったら大間違いってことですかね。含蓄がありますねぇ」

「今回はろくな証拠は残していないと思ったが、思わぬ証人が手に入ったな。よくやってくれた、ユスティーナ」

「いえ……」

否定してみせるが、謙遜でも何でもない。

たまたま、ほんっっとーにたまたまたま記憶に残っていて、運良く思い出せただけなのだ。その証拠にもう一人の壮年の御者の顔はほとんど記憶にない。老年だったかも知れない。

一度会った人間の顔をすべて覚えているみたいなチートは私にはない。褒めてもらってもいたたまれない。

「それで、ユスティーナ」

「はい?」

「トマーシュの方はどうする?」

どうする? とは?

疑問が顔に出ていたのか、夫が説明してくれた。

「トマーシュが君を人質にする提案をしたらしい。君が王家と繋がってリディーツの乗っ取りを計画していると思ったそうだ」

冗談でしょ。誰が。

今度は感情がしっかり顔に出ていたらしい。夫が小さく吹き出す。良いですけどね、笑ってくれても。眼福なのでね。

「……私より、旦那様に怪我を負わせた方が重罪かと」

「閣下の怪我云々ってのより我々の動向を隣国や王家に流してたことが問題ですね。極刑にすべきかと」

レネーがしれっと補足する。極刑かぁ。うわぁ。

「……トマーシュは旦那様に感謝してるって、テレザが言ってたのに……」

というか、あれ？　時系列がよく分かんないな。

王家と繋がってる私が許せないから、隣国と通じて尊敬するエドゥアルトを襲った？　では、矛盾していないだろうか。庇ったとも聞いてるし。

「トマーシュは、そもそも何故隣国と通じたのかしら？」

リディーツにもエドゥアルトにも恨みはなさそうだった。何より妻子を大切に思っていそうだったのに。

私の疑問に、夫もレネーも微妙な顔をした。

「……うちって、国境でやり合うことが多いでしょう」

「ええ、そうね」

「その為に、遠征して、しばらく家に帰れないじゃないですか」

「……当然、そうなるわね」

「可愛い妻と、幼い我が子。長く離れたくないって気持ちは、まあ、理解できますよね」

「……まあ、ねえ」

「こっからオレはまったく理解が及ばないんですが、トマーシュが言うには、閣下がちょいと大きな怪我でもすれば、しばらく休戦になるだろうと考えたらしいです」

「………馬鹿なの？」

隣国との衝突において、ここ百年以上はリディーツから攻めたことがないのだ。

つまり、常に国境を脅かすのは隣国の方なのである。

エドゥアルトが怪我すれば休戦？　どこの世界の理論だそれは。

「馬鹿なんですよ。稀《まれ》に見る馬鹿です」

レネーは深く同意している。

つまりこうだ。

トマーシュは妻子と一緒にいたいが為にエドゥアルトが死なない程度に怪我をすれば良いと思い、隣国に情報を流した。隣国と近付くにつれ、エドゥアルト襲撃にレイシー王家も一枚噛んでいるらしいと知る。王家はリディーツと遺恨がある。当然面白くないし、エドゥアルトの命が危ぶまれることに気付いたが、今更トマーシュに襲撃計画は止められない。

なので、身体を張って致死性の攻撃を止めた。そうして倒れたところを、トマーシュのせいでエドゥアルト暗殺に失敗した隣国の兵に拾われ、治療される。当然、お前のせいで失敗した。どう責任を取るのかと詰め寄られただろう。テレザやルカシュの存在を持ち出されたかも知れない。その矛先を逸らす為に、私を使うことを提案した。エドゥアルトの愛妻。人質にして、再度暗殺を試みることが可能だと。

――なるほど。なんて言うか、場当たり的というか、その場しのぎというか……。

ともあれ、夫を二度も売ったとは絶許である。自身を盾にしたと聞いても到底許せる筈がない。ただの自業自得ではないか。

稀に見る馬鹿。非常にしっくり来る人物評である。テレザは彼のどの辺が良かったのだろうか。

「テレザ、聞いてくれ。オレはお前たちのそばにいたくて……」

タイミング良く稀に見る馬鹿、トマーシュの情けない声が聞こえてくる。

「そう。わたしとルカシュのために、領主様を裏切って、奥様を人質にするよう言ったのね？」

テレザの声は聞いたことがない程硬く厳しかった。私が今しがた理解したことを、彼女も既に聞いたらしい。

「仕方なかったんだ！　お前たちを殺すと言われて……」

「トマーシュ」

みっともない言い訳をテレザはピシャリと遮る。

「わたし、領主様や奥様のお命と引き換えに生き永らえても、少しも嬉しくないわ。……そもそも、どちらかを選ばなくてはならなくなったのは、誰のせいなの？」

私は内心で拍手を送る。良かった。男を見る目はないが、倫理観はあってくれて。

ズッ友だよテレザ。

「……でも」

トマーシュはまだ何か言い掛けている。「そもそもと言えば」と再びテレザはその言葉を遮った。

「あなた、領主様はともかく、奥様に謝罪はしたの？」

「しゃざい？」

トマーシュ、ポカーンである。いや、何でだよ。まさか、悪いと思ってないだと……？

「でもあのおん……」

「トマーシュ」

懲りずに私を貶しかけたトマーシュを三度遮ったテレザは表情をなくしていた。

いつも少し困ったように下がっている眉もまっすぐである。そして静かに告げた。

「離婚しましょう」

「……えっ」

「ルカシュは私が育てます。……わたしたちを言い訳にする気なら、もう二度と近付かないで」

そう言ってテレザが踵《きびす》を返しても、その背中を見つめるばかりのトマーシュは二の句を継げずにいた。合掌。

7

「ふわぁあ～！　我が家さいこう～！」

「さいこー！」

自室のベッドにダイブした私に倣ってベッドで跳び跳ねるアルフレートはご機嫌である。

今日も推しが可愛い。本当に生きてて良かった。

屋敷に戻った昨日は、アルフレートはずっと私から離れなかった。

そんな推しも可愛いが、怖い思いをさせてしまったことを反省した私は、私の着ている服を握り締めながら寝てしまったアルフレートを抱いたまま夫婦の寝室に入った。

既にベッドに入っていたエドゥアルトはポカンとしながら妻子を見つめた。

はあ～？　イケメンのポカン顔可愛いんだが？

この部屋可愛いが飽和している。可愛いの二乗。可愛いは世界を救う。

私はいそいそとアルフレートを抱いたままベッドに入った。

「……何故」

入りやすいよう掛け布を上げてくれながら、夫が端的に問う。

「アルフレートに、父も母もそばにいるって安心してもらいたいんです」

それ以上に重要なことが、この世に存在します？

私は夫を見つめた。夫は暫し私とアルフレートを見ていたが、やがて諦めたようにベッドに横になる。

勝った。何にかは知らないが。

私も横になると、夫の手で掛け布がアルフレートと私の肩まで引き上げられる。

うふふ、と私は笑った。嬉しい。幸せだ。

「……トマーシュの処分は、本当に良かったのか」

アルフレートの寝顔を覗き込みながら、夫が私に確認する。

「ええ。……だって、一番効果的な罰は、テレザが与えてくれましたし」

あの後正気に戻ったトマーシュはテレザに泣きついたが、離婚まで切り出した女が簡単に許す筈がない。テレザはすげなくあしらっていた。

「奥様に心からの謝罪をして」

「わかった！」

「領主様の下される処罰に文句を言わずに従って」

「もちろん！」

「ご近所の人は皆あなたが何をしたか知ってるわ。何を言われても、決して言い訳をしないで」

「するもんか！」

これらが半日足らずですべて反故《ほご》にされたなんて信じられます？

ちなみに私には謝るどころか近付いて来てさえもいない。テレザは怒髪天を衝きそうだった。離婚待ったなしである。

夫の下した処罰は、再教育後辺境の地であるリディーツの、更に辺境、国境の見張りと一次防衛を担う隊への移動であった。

当然のように妻子と離ればなれになることに難色を示し、文句を言ったらしい。

珍しくレネーがブチ切れていた。再教育で死んだ方がましだと思わせてやる予定だとか。再び合掌。

ご近所さんとは案の定殴り合いの喧嘩をしたそうだ。夫を庇って斬られたという怪我はどうしたんだろう。元気なことである。言い訳するなとは言われたが殴るなとは言われてないと発言し、テレザに虫けらでも見るような目を向けられたとか。

稀に見る馬鹿は懲りない男であるらしい。懲りないから馬鹿なのか、馬鹿だから懲りないのか悩ましい。

昨日の今日でテレザは、これ以上トマーシュと同じ空気は吸いたくないとルカシュと共に領主の屋敷に身を寄せている。おかげでアルフレートもご機嫌である。めでたしめでたし。

「君はもう少し怒ってもいいと思うがな」

「……怒ってますよ？　でもトマーシュより王家への怒りの方が勝つと言いますか、問題の規模が違うと言いますか……」

王家滅亡へゴーサインは既に出している。夫は少し困惑していた。実家を滅ぼすよう唆す妻が斬新過ぎたのかも知れない。

「……君の望みは叶えてやりたいと思うが、こればかりは少し時間が必要だろうな」

小説でアルフレートに玉座を用意したエドゥアルトは、いつから計画していたのだろう。

孤独ではなかったか、後悔することはなかったか。なんだか、小説のエドゥアルトに寄り添いたいと思ってしまう。彼が迎えたのは、彼が望んだ結末ではなかった筈だから。

だが、今更私が小説のエドゥアルトに寄り添うなんて無理な話だ。

私はユスティーナで、まだ生きているから。

寄り添うなら、小説のエドゥアルトではなく、私の夫に寄り添えば良い。

――ところで。

「……私の望みは、叶えたいと仰いました？」

どきどき。胸が高鳴る。

夫は「ああ」と迷いなく即答した。

ぐっ……！　この包容力……！　まだ頑張って心臓。止まるなら目的を果たしてから止まろうか。

「……お願いが、ありまして」

「うん？」

一旦深呼吸する。そばにあるアルフレートの髪がそよそよ揺れた。うん。母上頑張るよ。

「……私もお伝えしますから、旦那様の素直な気持ちを、お教えいただけませんか？」

言ったー！　言葉はもう取り消せない。いや、以前一度取り消したけど。リベンジである。

伝えておけば良かった。聞いておけば良かった。死ぬかも知れない状況で、後悔するのはもう嫌だ。

「でっ、では僭越《せんえつ》ながら私から……！」

緊張で声が裏返った。落ち着け落ち着け。スマートかつロマンチックに愛を囁くのだ。やればできるよ私！

「……その前に確認したいのだが」

夫から待てがかかる。夫に出鼻を挫《くじ》かれた。いや、今!?　今じゃなきゃダメ!?

「……なんでしょうか」

「……君は、良いのか？」

……何がでしょうか？

声に出さずとも顔に出た疑問を認めた夫は、言葉に迷うようにして続けた。

「私が率直な気持ちを伝えても、君はもう奇声を発したり息が上がったり震えたりはしないのか？」

……………………。

んえ？　何ですって？

――奇声を発したり？

……これまでのことを考えても、絶対しない、とは言い切れませんね……。

――息が上がったり？

……既に呼吸は荒いかも知れない……。

――震えたり？

……緊張と興奮の中、震えない方法があるなら逆に教えて欲しい……。

んん？　え？　つまり？　どういうこと？

「……どれも、しない……とは、お約束できませんが……」

言うなり夫は悲しそうな顔をした。

えっ、何故。奇声を発さず息を荒らげず震えない妻がお望みで？　……普通は、そうだな。

「あの、でも、努力、努力はいたします……！」

「……君の身体は、大丈夫なのか」

……からだ？　大丈夫って？

首を傾《かし》げる。あれ？　私今愛の告白をしようとしてたんだよね？　何で身体を心配されてるんだろう。

「……大丈夫……かと……？」

「……君自身に確信がないのなら私も不安だ。また別の機会にしよう」

いやいやいやいや！　今！　今言いたい！　そして聞きたい！

「今お願いします!!」

「だが、君の身体が心配だ」

……この台詞、聞いたことがある。

これ、夫、普通に私の体調を心配してないだろうか。

だが、何故今体調を？　告白と体調、関係ある？

そりゃちょっと、声が裏返って支離滅裂な言葉を発するかも知れない。緊張で過呼吸気味になるかも知れない。自分の身体のコントロールが利かず、震えが止められないかも知れないけど。

………奇声を上げるなど支離滅裂な言動、過呼吸、手足の震え。

なるほど？　そりゃコイツ大丈夫か？　ってなるな？

医者呼んだ方が良いかな？　って不安になるかも。うんうん、そっかそっか。

「……ってッ！！！」

私は叫び散らしたいのを耐えた。耐えたせいで奇声になったことはまことに遺憾である。

過、保、護！！！！！

確かに私は体力はないしビビりだしこんな外見の為基本インドア派だが、決して、決して！　病弱ではないのだ！

それを！　夫は！　聞き入れちゃくれないのである！！！

私が奇声を発し息を荒らげ震えるなら、それは逆に健康だからである。病気だったら黙って寝込みますよ。これまでだってそうして来たじゃないの。

……どうしよう、これ。夫に何と言い聞かせれば……って、待って？

「……旦那様」

「何だろう」

「……ひょっとして今までずっと、私の体調を慮《おもんぱか》ってお気持ちを口にして来なかったんですか？」

夫はパチパチと瞬《まばた》きして、それからこくりと頷いた。

――言っっってよ！！！

ずっと、聞きたい聞きたいと思って、でも夫が口にしないなら心にもない、伝える程でもないことなんだと思って、一人寂しく耐えてきたんですよこっちは⁉

「旦那様」

夫を呼ぶ。こうなりゃ自棄だ。今私の目は据わっていることだろう。

「私のこと、好きですか？」

スマート？　ロマンチック？　知らない子ですね。

夫はあっさり頷いた。

「当然だ。ずっと、君を愛している」

欲しかった言葉が拍子抜けする程あっさり手に入った。言わせるのは違うなーとかうだうだ言ってないで、尋ねればこんなにも簡単に答えてくれたのである。

嬉しい。悔しい。私も愛してる。ずっと、ずっと、ずっと。

「旦那様のバカぁ～！」

堪《たま》らなく泣けた。滑稽で、でも幸せで。

「すきィ～!!」

おいおい声を上げて泣いた。アルフレートが起きてしまい、目を真ん丸にしている。

暗がりでも、きらきら輝く紫色。

エドゥアルトが私に腕を伸ばすから、捕まるより先にアルフレートも巻き込んで夫の胸に飛び込んだ。

以上が昨晩の顛末《てんまつ》である。

私たち親子は揃って寝不足だ。ベッドにダイブも大目に見て欲しい。

「……奥様。坊っちゃまが真似いたします」

ダニエラのお小言も、我が家に帰って来たな～要素のひとつである。

「……だいじょーぶ。アルフレートは賢いから。外ではやらない……」

「そういうことではなく……」

うつらうつらしていたら、ダニエラが不自然に黙ってしまった。

億劫《おっくう》ながらも目を開けると、何やら指折り数えている。

「……だにえら？」

「……奥様」

ダニエラは決然とした目で私を見下ろした。

「お医者様を呼びましょう」

「にんしん」

「奥様最近いつも以上に情緒が安定していないご様子でしたから。特に涙脆くなっていらっしゃいましたし」

「にん……しん」

「ははうえ！　あかちゃんどこにいるの？　ここ？　こっち？」

「坊っちゃま、妊婦もご婦人も乱暴に触ってはいけませんよ」

「はい！」

良い返事である。

妊娠。——妊娠！！？　私が！！？？

アルフレートの弟か妹が私のお腹に？　ルカシュ以外の!?

何それ。知らない。だって小説にはなかった。

——こわい。

急に、何もかも恐ろしいと思った。

アルフレートの時は、アルフレートの髪、目の色、夫そっくりなこと、知っていたから。

アルフレートが無事生まれて、大きくなって、物語のような恋をするって、幸せになるって、小説ではそうなっていたから。

でも今、私はお腹にいるらしい子供について何も知らない。何も分からない。大丈夫なのだろうか、生んでも。アルフレートの幸せは、何も変わらない？　そもそも、ちゃんと生まれてくれるの？　私の身体は、あまり出産に向いていないらしいから。

もし私みたいな髪色をしていたら。目も、同じだったら。

生んでいいの？　分からない分からない。……わからなくて、こわい。

「ははうえ？」

アルフレートが私を呼び、私の指をぎゅっと握った。

ふ、と呼吸を思い出す。

さらさらの黒い髪。大きくてきらきらの紫の瞳。桃色の、ふくふくした頬。まだ幼さが勝つけれど、将来エドゥアルトそっくりになる。……らしい。

……そうだ。テレザは、エドゥアルトを尊敬すべき領主として仰いでいる。それ以外の邪《よこしま》な感情は見受けられない。

ルカシュは、アルフレートの弟のような存在だけれど、実の弟ではない。

死んだ筈のトマーシュは生きている。そして、私も。

とっくに、知らないことだらけだった。

アルフレートの幼少期も、エドゥアルトの真摯な愛情も、今少しずつ知っている。

何より、エドゥアルトの子だ。私が、世界一愛する人の子供が私のお腹にいるのなら、産まない理由なんて、会わないでいられる理由なんてない。

アルフレートの手を握り返す。

「……父上に、教えてあげにいきましょうか」

アルフレートが嬉しそうに笑う。

私は、推しの心からの笑顔がずっと見たかったのだ。

知らなかったけど、望んだものはここにある。

私には最愛の夫と、最愛の推しがそばにいる。隣で、同じものを慈しんで笑ってくれる。そんな家族が、ずっと欲しかった。

きっと、このお腹にいる子も、私たちの最愛の一人になるのだろう。大切な家族に。

知らないから怖いなんて、言ってられない。

アルフレートと繋いでいない手をお腹に当てる。

不安になってごめんね。あなたを待ってるよ。

あなたの父上と兄上はすごく優しくて、すごく格好良いのよ。

私は、どんなことがあっても、誰よりあなたたちを愛してる。

世の中には許せないくらい嫌な人もいて、どうしようもないことも時にはあるけれど、私たちはきっとあなたの味方でいるから。

何より、絶対この子も私の推しの一人になる。

私は、自分の為に、そして愛する人を幸せにする為に、推しの母になったのだ。

ある副官と知ることのない『いつか』のはなし

MELISSA

◆◆◆

上司と二人、とある寡婦のもとを訪れたオレが見たのは見慣れた光景だった。

初対面の相手が、隣に立つ男の容貌に目を奪われる。

そして老若男女問わずの熱のこもった視線をこれでもかと浴びてもなお、それを歯牙にもかけない男もいつものことだ。

自分だって隣にいるのに視界にすら入れてもらえず、いないものとして扱われるのも慣れたもの。

慣れ過ぎてもはや嫉妬心や対抗心すら刺激されない。凪《なぎ》だ。無だ。

だが、これは良くない。まだ何が起こったわけでもないが、そう勘が囁《ささや》く。

何か言いたげな口元に、淡く染まった頬に、傍目《はため》にも確かな熱を持つ女の視線に、これを黙って見過ごしてはいけないと。


「閣下、たまには坊っちゃんの様子を見て来られてはいかがですか」

全人類の視線を奪う顔面を持つ男、エドゥアルト・バルトシェクは書類から顔を上げ、心底不思議そうな顔でオレを見た。

「何かあったか？」

「……強いて言うなら実の息子に用がなきゃ会いに行かないってのが問題といえば問題ですかね」

エドゥアルトの眉間に皺《しわ》が寄る。触れられたくないことを指摘されたサインだ。

「日々の報告は受けている。領主の子に相応《ふさわ》しい教育を与えている。他に何をしろと？」

不機嫌も露《あらわ》に鋭い眼光で凄《すご》まれる。

エドゥアルトだって分かっているのだ。今のそれが健全な父子の距離ではないことを。少なくとも自分が子供の時分に与えられた環境とかけ離れていることを。

もっと己の子に愛情を持って接しろ、と言うのは違うだろう。エドゥアルトは息子を可愛く思っていないわけではない。

だが、それは己の息子を、というより「可哀想な子供」に対してのものだ。

産声を上げてすぐ、実母に厭《いと》われ死すら望まれた子供を憐れみ、憤らなかった人間などあの場に居合わせた者にはいない。

ここは辺境の地リディーツ。ただでさえ望まぬ死が身近な土地なのだ。罪のない幼い命に不必要な死を望むなど言語道断である。

しかし、実父であるこの男までいつまでも憐れんだままだと、あの子は本当の意味での家族を知らぬまま育つことになる。

ただでさえ実母の言動のせいで、物心付いてきたあの子に母親の影をちらつかせることすら忌避する風潮があるのだ。

既に亡き、自業自得とはいえ痕跡すらこの地から消されようとしている母親、そして親子の距離感を完全に見失っている父親。

果たしてあの子は真っ当に、正しく尊敬できる人間になってくれるだろうか。

「……オレに、坊っちゃんの教育を任せてみるってのはどうですか」

提案してみれば、エドゥアルトから剣呑《けんのん》さは消えた。代わりに胡散臭《うさんくさ》いものを見る目を向けられる。

「……お前に剣以外の何が教えられるんだ」

「ええ？　しこたまあるでしょうよ。気難しい上司との付き合い方とか。女の子の上手な誘い方とか」

「……幼児に不必要な知識ばかりだな」

「男に生まれたからには、女の子の誘い方は可能な限り早急に必要だと思いますが？」

「私は必要だと思ったことはないがな。せめて五つは過ぎてからにしろ。剣についても同様だ」

鼻につく自慢と共に意外な譲歩を引き出せた。何だかんだ、この男は身内に甘いのだけれど。

「了解です。ついでと言っては何ですが、閣下」

エドゥアルトはまだ何かあるのかと億劫《おっくう》そうにオレを見上げ、無言で続きを促した。

「……後妻を迎えるのも、坊っちゃんが五つを過ぎるのを待っては如何《いかが》ですかね」

エドゥアルトは献身的な部下の忠告を鼻で笑った。笑い飛ばした。だがその笑みは暗い。

「私が？　後妻だと？」

書類が乱暴に机に放り投げられる。仕事の書類にぶつかられ、雪崩《なだ》れたのはバルトシェクの分家連中から送られた釣書の山だ。

「そんなもの、二度といるか」

忌々しいと言わんばかりに吐き捨てられた。

今は亡きお姫様は、リディーツに様々な変化をもたらした。

本人がいない今、残されたのは皆に可哀想がられ可愛がられる子供と、後悔と女性不信を拗《こじ》らせた男が一人。

内心で同情する。可哀想にと思いを馳せるのは夫に先立たれた未亡人。

夫の最期の言葉を受け取った見目良い男が優しく庇護《ひご》してくれたから自然と好意を抱いたのに、男は決してその思いを受け入れない。理解すらしないだろう。

残念だね、テレザ。オレは常に女性の味方でいたいけど、君は決定的に男を見る目がないよ。

◇◇◇

「……何故、私にではなくお前にユスティーナから手紙が？」

「いや、あなたも中身読んだでしょうよ。夫に訴えても聞き入れてもらえないことが分かりきってるからオレに宛てたんでしょ？」

「……こんなに字が震えて。可哀想に……」

「恐怖に震えて、というより不安定な所で書かされたんだと思いますよ。もともと流麗な文字を書く方ではありませんがさすがに汚過ぎる。この辺不自然に跳ねてるし」

「……何故お前がユスティーナのことを理解している風に語るんだ」

ああ言えばこう。いちいち恨みがましい目を向けられる。

激しく面倒臭え。

若い時分に己の一生を捧げると決めた上司相手だが匙《さじ》を全力で叩《たた》き付けたくなった。

嫉妬に狂った男なんて目も当てられない。この男はそれをかろうじて見られるようにしている自分の面の良さに感謝すべきだと思う。

ましてや本人だって理解しているのだ。愛妻が夫をスルーして他の男に手紙を出した訳を。

理解はすれど、単に面白くないのだろうが。

危機的状況に陥ってなお何も託されないことも。助けて欲しいと頼られないことも。

その不満をネチネチ部下兼手紙の宛先のオレに当たっている訳である。これ以上まともに付き合ってられるか。

「いい加減にして下さい。見たでしょ中身。見ましたよね？　クソ読みづれえ字二人で並んで解読したんですから。あの中身見て何をどう妬み嫉《そね》めるってんですか？」

エドゥアルトは不満げな顔のまま沈黙した。

「ほとんどアンタのことしか書いてなかったじゃないですか。アンタを守れって言われただけですよオレは」

「……いじらしいことだ」

「ダンナの部下だからって肉壁になってでも止めろって手紙にはっきり書いてくる女をいじらしいとはオレは認めませんがね！」

ついでに貴婦人としてもあるまじき暴言である。断固認めたくない。

「はぁ。……この件、やっぱり王家が絡んでるみたいですよ。実家に恵まれませんねユスティーナ様は」

確たる証拠は未だないが、こそこそ動いていることは把握している。どうやら隣国と繋《つな》がっているらしいことも。

実行犯はまた末端の替えが利く人間だろうし、むやみに突っついたところでこちらの望む話を聞けるとは思えない。

小虫のような王家である。たかられる都度追い払ってもきりがない。

「ユスティーナ様といた筈《はず》の坊っちゃんは拐《さら》わなかったってんですから、狙いはバルトシェクというより閣下ご自身なんでしょうね。閣下さえいなけりゃ後はどうとでもなると思われてるのはリディーツの者として癪《しゃく》ですが、否定もしきれません。ユスティーナ様もその辺が分かっているから閣下に助けに来てくれるなってお手紙書いたんでしょう」

「私に？　私はユスティーナから何も言われていないが？」

「……まあ、そうなりますよね」

内心で手を合わせる。

男の嫉妬《しっと》を舐めちゃいけませんよ、ユスティーナ様。知ってるでしょうけどオレはあなたの命令より上司の命令を優先せざるを得ませんので悪しからず。

まあ、どうせこの男も年下の可愛い妻に良く思われたくて普段から幾分格好つけているのだろう。妻からしたら部下に手紙を書いただけで嫉妬されるだなんて毛程も思っていないに違いない。

「……不本意だが、私が気を引いていてやるからお前がユスティーナを解放しろ。傷一つ付けるな」

「……閣下、指定場所は見晴らしの良い丘なんですが？　奇襲とはいえ複数で動いたらすぐ見付かると思いますよ」

「誰がお前に兵を貸すと言った。私の後ろに潜ませておくに決まっているだろう」

さも当然と言わんばかりの態度に頬がひきつる。

「……一人でやれと？」

「できないとでも？」

大人げない八つ当たりだ。横暴だ。だがオレに拒否権はない。

恨みますよ、ユスティーナ様。

「……拝命いたします」

◆◆◆

「閣下！」

執務室に怒鳴り込めば、主人と話していた家令はビクリと震えて振り返ったが、当の本人は涼しい顔でこちらに目をやった。

「なんだ。騒々しい」

ずかずか室内に入り込むオレの横を、入れ替わるように家令が一礼して退出する。

「何故ルカシュがいるんです」

扉が閉まると同時に上司に問い掛ける。エドゥアルトは軽く片眉を上げた。

「何か問題が？」

「……オレが稽古つけてるのはアルフレート坊っちゃんだからだ。あんたの次の辺境伯になる男だからオレの知ってること全て教えてやってもいいと思って引き受けたんです。他所《よそ》のガキの世話はオレの仕事の範囲外です」

「……将来的には領兵になるかも知れんだろう」

「なってから来いってんですよ。部下なら吐くまで扱《しご》いてやれます」

自慢じゃないがオレの剣の腕は良い。純粋に戦いの技術だけならこの男にだって負ける気はしない。

領兵隊に入る者の大半はその事実をどこからか聞いており、更に大多数の者が血の気が多いので、新人が入る度勝負を挑まれるのはよくあることだ。

だがオレとて暇じゃない。全ての挑戦を捌《さば》くことはできない。オレと直接手合わせできる者、技を近くで拝める者は限られる。

そんな領兵垂涎《すいぜん》のオレの技術指導を一対一でただ一人受けられているのがアルフレート坊っちゃんだ。オレに出来得る最高の特別待遇である。

繰り返すがオレとて暇じゃない。だがリディーツの未来を担う、礼儀正しく素直に教えを乞う坊っちゃん相手であれば苦ではない。

断じて、あんな礼儀も道理もないクソガキ相手に浪費する時間はないのだ。

「……お前が子供嫌いだったとは意外だな」

なんにも分かってねえ野郎が的外れな感想を述べる。

「……閣下。あのガキが自分のことをなんて言ってるか、まさか知らないとは言いませんよね？」

凄んでみるが、エドゥアルトは肩を竦《すく》めただけだ。ふざけやがって。

「あんたの息子だって、アルフレート坊っちゃんの弟だって言ってんですよ⁉」

ルカシュは既に領主の息子相当の教育を受けている。勿論《もちろん》エドゥアルトの指示だ。

そんな中で息子と自称すれば、事情を知らない者は鵜呑《うの》みにする。領主が妻にできない身分の低い女に産ませた庶子だと思う。

事情を知っている者は沈黙する。まだ赤ん坊の頃に亡くした父親を、母親ごと庇護してくれた領主に重ねているのだと同情して。

リディーツの民は本当に憐れな子供にお優しい。

自分には直接向けられない父親の関心を、他所の子供が得ているだなんて。真の息子が、何を思うかなど想像もしないで。

更に救いようがないのは、ルカシュに嘘《うそ》を吐《つ》いている自覚がないことだ。子供はただ、母の吐いた嘘を信じているだけなのである。

それが、母の願望でしかないなど、思いもしないで。

「大体！　あんたが悪いんですよ！　ルカシュ親子だけ特別扱いして！　テレザが領主の愛人だって話を否定せず放っておくから!!」

否定されないから、女は好いた男も夢も諦められないのだ。物を知らぬ子供に嘘を教えてしまうくらい、甘美な「いつか」を夢見てしまう。

「……あの二人はトマーシュが最期に私に託した者だ。あれは私を庇い死んだ。私に出来得る限りの物を遺族に与えてやりたいと思うことの何が悪い？」

開き直りやがって。舌打ちが抑えられなかった。

貴族家の跡取りが一人しかいないのは心許《こころもと》ない。だから分家連中はエドゥアルトに後妻を宛てがいたがった。だが、最初の妻でほとほと女に懲りているエドゥアルトは後妻を迎える気などこれっぽっちもない。しかしそれが周囲を黙らせる「相応の理由」たり得ないことを本人も分かっていたので、ルカシュ親子を特別扱いし、風避《かぜよ》けに使っているのだ。

エドゥアルトの子は一人ではない、かも知れない。状況さえ許せば、後妻を迎える気があるのかも知れない。

真実など些細《ささい》なこと。誰も彼も誤解させ、自分への矛先を鈍らせられればそれで良い。下衆《げす》としか表現できないことを平気でするようになったものだ。潔癖とさえ言えた十代の頃から男を知っている身としてはある種感慨深い。

「……そもそも、トマーシュの死だって疑わしい点はいくつかあります」

トマーシュは言ってしまえばただの一般兵だ。リディーツ土着の家の出でも、バルトシェクの親戚でも、本人に卓越した才能があったわけでもない。

個人的には、口だけの、調子のいい男だったと記憶している。

何故かアイツだけが、敵の奇襲にいち早く気付いた。

何故かたまたま持ち場ではない領主の近くにいた。

エドゥアルトを庇って死んだ、その事実は否定しない。だが、不自然な点が多いのも、また事実だ。

「父親になったばかりの男が、私の代わりとなって死んだ。私は残された妻子を託された。……どう扱うかは領主として、私が決めることだろう？」

決裂だ。今日もこの件に関し我々は物別れに終わるらしい。

「……そうですね。ですが、オレはオレの誇りにかけて、ただのガキの世話はまっぴらですよ」

「……分かった。ルカシュにはルカシュの剣の教師を付ける」

「そうして下さい。では」

廊下に出て扉を閉める。それはいつもより大きく、硬い音のように思えた。

◇◇◇

「王家は、いつ滅ぼしますか？」

ユスティーナ様が問う。顔は微笑《ほほえ》んでさえいるのに、目は少しも笑っていない。本気だ。

「……ユスティーナ」

「いつですか？　ねえ、いつにしましょっか。いつなら旦那様のご都合がよろしいですか？」

まるで町に下りる日取りを確認するかのような口振りなのに、未だかつてない圧を感じる。

妻に、今すぐにでも実家を攻め滅ぼして欲しいと言われた夫は、どうするのが正解なのだろう。

オレは空気になりつつつエドゥアルトの動向を見守った。

「……本気のようだな」

ユスティーナ様ははっきりと頷《うなず》いた。

「ええ。今度という今度は、あまりにも度を越えておりましたでしょう？」

自分が命を狙われた時はあっさり許したのに、旦那の命を狙ったことは万死に値するらしい。

夫としてはこういう所にキュンとするのだろうか。知らんけど。

エドゥアルトは考え込むように両腕を組んだ。ユスティーナ様はそれを見てぎょっとして、ハラハラとした様子でエドゥアルトの左腕を注視している。

本人がいくら大丈夫と言っても心配なことは変わらないらしい。これぱっかりは慣れだろう。

夫としては、早く慣れて欲しいような、欲しくないような、複雑な気持ちだろう。知らんけど。

「ユスティーナ」

「はい」

呼ばれて、紫の目の見つめる先は左腕から夫の顔に移動した。背筋も伸びている。

ユスティーナ様はこういう勘所は悪くない。

「君の希望は、すべて叶えてやりたいと思っている」

「旦那様……」

「また懲りずに同じことされても困りますしねぇ」

いい雰囲気になりかけたので方向を修正してやる。我ながらいい仕事である。

同時にこちらに向いた翠《みどり》の目と紫の目が些《いささ》か刺すように鋭いが気にしない。

「オレも王家に痛い目見せるのは賛成です。でも時期が良いとは言えません」

「時期？」

ユスティーナ様が首を傾《かし》げる。

「リディーツに度々攻めて来るのは隣国の、というより隣接している領の領主の意向なんです。元々良好な関係ではありませんでしたが、何代か前に徹底的に拗れたらしいんですよね。なので利益がどうこうというより最早感情論なんです。今更引くに引けないっていうのもあります。故にうちと一緒で、隣国も国家と辺境が一枚岩とは言えない」

「……はぁ」

何それ。実利がないならさっさと戦いなんてやめれば良いのに、とユスティーナ様の顔にはっきり書いてある。それができれば世の中の諍《いさか》いの半分以上は失われるだろう。何があっても自分の頭を下げたくない、そもそも何が悪いのかも分からないっていう人間は立場が上になればなる程多いものだ。

「なので、レイシー王家に攻め入るにあたって後顧の憂いをなくすべく交渉する相手はどちらかと言えば隣国の王になります。王家打倒に集中したいのに後ろから横槍《よこやり》を入れられるのは困りますから。ここまでは良いですか?」

「ええ」

「ユスティーナ様が隣国の王だったら、隣の国の一領主にいきなり『こっちで国家転覆する予定なので、リディーツに隣接している領にその間攻めないよう言ってやって下さい』って言われたらどう思います?」

「……何言ってんだコイツ、って思います……」

「やっぱり思いますよねぇ？　なので、内情を正直に伝えず、諸々《もろもろ》時間をかけて徹底的に工作する必要があります。ここまでで何かご質問は？」

「……ありません」

「続いて、現王家を潰したら、別の王をたてるか王政を廃止する必要があります。この点ユスティーナ様はどうお考えでしたか？」

ちらりと、紫の目が隣の夫を見る。

「……アルフレートを、王にするのかと……」

「悪くない案ですね。坊っちゃんなら現王家の血が入っているので保守層の反発もそう激しくはないでしょう。で、坊っちゃんに国政を担わせるんですか？」

「まさか！　あの子はまだ三歳よ!?」

「では誰が？　摂政をたてますか？　誰にします？　ちなみに閣下はリディーツ領主をやめませんし、離れられませんよ。リディーツ領主って一般的な貴族からすると貧乏くじみたいなもんですからねぇ。分家すら成り代わるの嫌がるんですよね。ユスティーナ様は坊っちゃんに付いて王城に住まわれるんですか？」

「レネー」

言葉をなくし、どんどん青ざめていくユスティーナ様を見て、エドゥアルトがオレを止める。

「……ね？　色々と時期尚早でしょう」

ユスティーナ様は弱々しくこくりと頷いた。

「……それからですね、ユスティーナ様。せめて政ができるくらい坊っちゃんが大きくなるまで待つとなると、別の懸案が出て来るんですよ」

「おい、レネー」

「……懸案？」

既にユスティーナ様の復讐に燃える勢いはそがれている。にもかかわらず畳み掛けたオレにエドゥアルトは声を上げるが、ユスティーナ様は聞く姿勢を崩さない。

「アルフレート坊っちゃんが大きくなる頃には、王家も次代が育っているでしょう？」

ユスティーナ様は、小さくあ、とこぼれた口を押さえた。

「王子がどんな王になるかは分かりませんが、よき王となる為《ため》の教育に関してであれば、うちにもできることはあります」

王城内にだって、既に何名か潜ませている。王都に住んでいる貴族にだって伝手《つて》はある。

あと十数年程耐えれば、こちらに友好的な王が出来上がる可能性が――

「……それは、どうかしら……」

ユスティーナ様が小さく呟《つぶや》いた。

エドゥアルトを見ると、翠の目もこちらを見ながら不思議そうに瞬く。

次代のレイシー王、というのはユスティーナ様にとっては甥《おい》だ。ユスティーナ様にとって王城や生家に愉快な思い出はないだろうが、顔も見たことのない幼い甥に対する期待すら持てない程深い傷となっているのだろうか。

「……ユスティーナ、嫌なことを思い出させてしまったかも知れないが……」

「あ、いえ、そうではなくて……」

エドゥアルトが慰めようとしたらすぐさま否定された。ますます我々は困ってしまう。

「……アルフレートが、何でもできて性格も良いばっかりに、ことあるごとに比べられて王子の性格が歪《ゆが》んでしまったりとか……」

突然の親馬鹿発言。だが、何故か確信を持っているかのような物言いである。

「……まあ、仰《おっしゃ》る通り坊っちゃんは同年代と比べればかなり優秀な方だと思いますが、従兄弟《いとこ》である王子だって悪い話は聞きませんよ？」

「それよ」

どれよ。

「クリシュトフはね。言ってしまえば普通なの。王子として可もなく不可もない。……そこに来て同い年の従兄弟がスーパーウルトラハイスペックなアルフレートなのよ」

「……はぁ」

「本人の持ち得た資質だもの。近い血であっても個人差があって然《しか》るべきじゃない？　でも周囲は無責任に比べて、『いっそアルフレート殿が王子だったら良かったのに（笑）』とか言っちゃうわけ！

人を見下すことしか考えてない、マジ奴《やっ》らはクソよ！　誰だってスペシャルなオンリーワンでしょう⁉　アルフレートがレベチで唯一無二なだけで‼」

「あ、はい……」

「クリシュトフが卑屈に育つのはアルフレートのせいじゃなく周囲のせいよ。でもクリシュトフはアルフレートを逆恨みしていて、そこにエステルが……」

「誰です？」

「……何でもない。忘れて」

ユスティーナ様は突然夢から覚めたように、やっちまったと書かれた顔を伏せた。

まるで未来を見て来たかのように熱く語っておいて、それは無理がないだろうか。

「ええーと、つまり王子を放っとくと周囲に唆されてアルフレート坊っちゃんを敵視する可能性がある、ってことで良いですか？」

「そう！　そういうことが言いたかったの！」

採用！　とばかりに飛び付いて来られた。この人の情緒は大丈夫か。疲れないのか。

「……閣下も、そういうことで良いですか？」

「ああ」

念のためエドゥアルトに水を向ければ端的な返事があった。だが目はユスティーナ様の発言の裏を取るよう指示してくる。やっぱり無理があったみたいですよユスティーナ様。

「王子のそばにいる全員の口を塞ぐことは不可能ですからねぇ。どうしたものか」

後の予定を立てつつそうぼやけば、ユスティーナ様ではなくエドゥアルトが答えた。

「……王城で育てなければ良いのでは？」

「え？」

「は？」

オレとユスティーナ様の間抜けな声が被る。

「我々は動けない。だが王子一人くらいなら動かせるのではないか」

ユスティーナ様と顔を見合わせる。ユスティーナ様がぴんときていないことだけは分かった。

「……閣下、まさかとは思いますが……」

エドゥアルトの表情は平素と変わらない。だが、無茶振りをされる時のような嫌な予感がじわりじわりと湧いてくる。

「……王子を、リディーツに連れて来て教育するってことですか？」

「そうなるな」

「ばっ」

かじゃねーの。

うっかり人前で上司を罵りかけた。危ない。オレの築き上げてきた従順で有能な副官のイメージが。

「……そんなことが、可能なのですか？」

ユスティーナ様が呆然《ぼうぜん》としながら問い掛ける。

「ちょうど先日、我々は王家に貸しを作った所だろう？　なかなか良い落とし所だと思うんだが」

「なかなか良いって……王子ですよ？　第一王位継承者！　そんなホイホイ外に出すわけ……」

「そうだな。王子には少し病弱になってもらおうか。それなら自然の多いリディーツに療養に来てもおかしくないだろう。彼の叔母や従兄弟もいることだし」

「いや、だって……」

これまでギリギリ犯罪行為には手を染めて来なかった筈だが、我々の領主はついに幼い王子を物理的に人質に取るつもりらしい。

確かに人道に基づく良心に蓋をすれば、こちらにとってはなかなか良い話である。

積極的に害する意志がこちらにはないことと、身内がそばにいるという点で蓋も布程の薄さで済むかも知れない。

「病弱な王子を立派な王として育て、城に返す。それが我々臣下の望みだ」

「……出しますかね、第一王位継承者を」

「出すだろう。彼はまだ代わりが利く。……それに、我らが王は御身内を辺境に出すことを厭わない」

エドゥアルトは丁寧な言葉を用いながら皮肉げに笑った。

王子には既に腹違いの兄弟がちらほらいる。出生順より、母親の身分が王位継承ではものを言うのだ。王妃の子は八つになる姫と、件《くだん》の王子。そして、生まれたばかりの弟王子の三人。

今回のリディーツ領主暗殺未遂の証拠は掴《つか》んでいる。何なら証人もいる。それらをちらつかせれば、安易に妹を辺境に嫁に出した王が、息子を療養という名目で出してこないとは言い切れない。むしろ、高確率で想定した通りに話が進むだろう。現在の王が最も可愛いのは我が身だ。

「ええ……？　良いんですか、ユスティーナ様」

問い掛ければ、ユスティーナ様は顎に指を添えてつつ言った。

「……良いんじゃないかしら？　旦那様がそう言うなら」

おいおい。信頼か何か知らんが丸投げだな。そしてあんたの夫が雑務を丸投げする相手はオレなんですよね！

「ふふふ。王子が来て、この子も生まれたら、これからますます賑《にぎ》やかになりそうですね！」

「そうだな」

そんな話をしながら、穏やかな顔でまだ膨らんでいない妻の腹を撫でる夫婦二人。

「あとは頼んだぞ、レネー」

「…………へーい」

オレに拒否権はない。残念ながら。

まだ見ぬバルトシェクの子よ。聞いてたと思うけど君の両親さっきまで真剣に自国の王家を滅ぼすって話をしてたんだよ。そしてこれからその為の布石を打っていくんだって。

怖いね！　頼むから君はこうはならないでね！

考えるなとは言わないけど、考えたとしてもそれに否応なく部下を巻き込むような人でなしに、君はならないでね！

◆◆◆

「……ルカシュは、僕の弟じゃないの？」

紫の目を真ん丸にして、坊っちゃんがオレに聞き返す。やっぱり誰も否定してやらなかったのか。

舌打ちを堪《こら》え、頷きを返した。

「そうです。ルカシュの父親は、トマーシュという男でした。……以前に、戦場で閣下を庇って死んでいます。ルカシュも、テレザも、坊っちゃんとは何の血の繋がりもない、赤の他人です」

「……でも、ルカシュは」

「ルカシュは、知らないんです。だから、領主の一人息子である坊っちゃんと対等な口をきく。それも今日で最後です。本来はおいそれと話すことすらできない立場なんですから」

「……何をするの？」

「ルカシュに真実を話します。坊っちゃんも、ルカシュも。何も知らず、歪《いびつ》な関係を築いてしまった。我々の落ち度です。それを正します」

「………待って」

ぎゅ、と制服の裾が握られる。真剣を握る許可を出してから日が浅い、まだ子供の手だ。

「……お願い、レネー。言わないで」

その言葉は自分の正しさを疑わなかったオレに衝撃と軽い混乱をもたらした。

「……ですが、坊っちゃん」

「僕ならルカシュに何を言われたって平気だよ。ルカシュが父上と出掛けたって聞いても、もう羨ましいと思わないから。だから、ルカシュには言わないで……」

言葉は段々と弱々しくなり萎《しぼ》む。だが、オレの服の裾を掴む手は、言い終えた時には細かく震える程に力が込められていた。

「……坊っちゃん」

呼び掛けながら、その手を取る。一度大きく強張《こわば》ったが、やがてゆっくり力を抜いた。

「……どうして、ルカシュに言ってはいけないのか、坊っちゃんの気持ちを教えて下さい」

アルフレート坊っちゃんは暫《しば》し黙り込み、それからぽつぽつと自分の気持ちを言葉にした。

「……ルカシュだけなんだ」

「はい」

「……ルカシュだけが、僕に何てことないことで話しかけてくれるの。他に、そんな子いない」

「……そうですか」

「うん。……テレザさんも、僕に優しい。去年の冬は、ルカシュとお揃《そろ》いの手袋を編んでくれた」

「そうでしたね」

「……父上は、僕が嫌なんじゃないんだね。ルカシュが自分の子供じゃないから、抱き上げたり一緒に出掛けたりしてあげるのかな」

「…………坊っちゃんのことを嫌だなんて思ってる奴は、リディーツのどこにもいませんよ」

「あのね、レネー。僕、ルカシュが僕のこと『兄上』って呼んでくれるの、嬉《うれ》しいんだよ。……ルカシュ以外、誰も僕のこと、家族にはしてくれないんだ」

「坊っちゃん」

「……お願い、レネー。母上はいなくて、父上は自分の子供とは一緒にいてくれない。ルカシュがいなきゃ、僕一人ぼっちなんだ。僕を本当の兄だと思ってるルカシュだけが、僕の家族なんだよ」

泣きもせずそう言って頭を下げる子供に、何が言える。オレに何ができた。何をしてやれば良かったんだ。

もっと早く、エドゥアルトを殴り飛ばして叱りつけるべきだったのか。エドゥアルトの付属品としてではなく、アルフレート坊っちゃん自身を我が子のように愛してくれる女を後妻として用意し無理矢理にでも結婚させれば良かったのか。

何にせよ。全て遅い。大人のエゴで、何の罪もない子供を深く傷付けた。何も手に入れないうちから、全て諦めさせてしまった。

オレも同罪だ。償いたくても、この話を聞いた時点で坊っちゃんはもうオレを「家族」の範囲には入れてくれないだろう。オレとしては、おじさん役でもお兄さん役でも良かったのだが。

せめて、坊っちゃんが自分ではなく、エドゥアルトが全て悪いと冷静に判断できる大人になれるよう手を貸そう。

いつか、彼が本当の家族を得るまで大人として見守ることにしよう。

「……わかりました。坊っちゃんの、望む通りに」

オレは、せいぜい長生きするとする。

いつか、祝い酒を飲み交わしながら、坊っちゃんとエドゥアルトの悪口で盛り上がれるように。

きっとそれは、あの頑固親父な上司の希望にも叶う筈だから。

＊＊＊

「坊っちゃんを、頼んだよ」

アルフレートを追いかけようと席を立ったエステルに、レネーはそんな言葉をかけた。

一瞬ぎくりと固まってしまったエステルは一人気まずく思う。

なりゆきでアルフレートの母親の墓を捜す為リディーツまで付いて来たエステルだったが、領民たちにアルフレートの恋人扱いをされる度、皆を騙《だま》しているようで申し訳ない気持ちになっていた。

エステルはせめてアルフレートと近しいレネーには訂正をしなければと振り返る。

自分たちは良いところただの友人で、決して恋人などではないと。

辺境伯の嫡男で、王家との血縁でもあるアルフレートの未来に、エステルが入る余地はないかも知れないと、誰よりエステル自身が思っていたから。

だが、改めて相対したレネーはどこか緊張しているような面持ちだった。

さっきまで飄々《ひょうひょう》とアルフレートをからかっていたというのに、その雰囲気はがらりと変わっている。まるで、自分が大事にしていた宝物を託すように。アルフレートの幸せの在り所をエステルに見たかのように。

真摯で、それでいて懇願するかのような表情だった。

それを見たエステルは静かに頷きを返す。

「……わたしで良ければ。必ず」

レネーの思いを受け取るのは、アルフレートの友人としては、少し逸脱しているかも知れない。

それでも、アルフレートの幸福を願う気持ちは、エステルだって一緒だ。エステルが寄与できるならば、願ってもない。

エステルの答えを聞いたレネーは、目を細めて嬉しげに笑った。

◇◇◇

「れねー、けんを、おちえてくだしゃい」

「うーん、惜しい。坊っちゃんがちゃんとお願いできるようになったらまた来て下さい」

坊っちゃんは目一杯頬を膨らませて不服を表す。その柔らかい頬を突っついたら溜《た》めていた空気を一気に吹き出した。何が可笑《おか》しいのか坊っちゃんはケタケタ笑う。笑った後何事もなかったかのように「れねー、おしえて」と来た。

めげない。これは母親から受け継いだのだろうか。

「そのお願いを聞くにはオレの意思より先に、坊っちゃんのお父上の許可が必要なんですよ。お父上はなんて言ってました？」

坊っちゃんは満面の笑みで元気よく答えた。

「れねーが、いいってゆったら！」

……あの野郎、こっちに丸投げしやがったな。

引きつりかけた口元をどうにか笑みの形で固定する。

「レネー的には、坊っちゃんのお年ではまだ早いと思いますねー。坊っちゃんはどうして今、剣を覚えたくなったんですか？」

どうやって誤魔化そうか、思考を巡らせながら問いかける。

「あのね！　ぼく、おにーちゃんになるの！」

意気揚々と坊っちゃんが答える。

「おめでとうございます。坊っちゃんなら立派なお兄ちゃんになれますよ。名誉お兄ちゃんも夢ではないですよ。末っ子のレネーも太鼓判です」

「おにーちゃんだからね！　あかちゃんまもってあげるの！　ははうえもちちうえも、だにえらも、れねーも！」

きらきら輝くでっかい目が恐れも迷いもなくまっすぐオレを見上げてる。

幼いながらに次期辺境伯としての資質十分な発言である。子供の成長ってのは早いもんだと感慨深く思う。

「レネーのことも、坊っちゃんが守ってくださるんですか？」

「うん！　ははうえがね、いざとなったらられねーはたてにできるから、だいじにしなしゃいって」

あのアマ。子供にどういう教育してんだ。

なんとなく分かっていたが、あの二人は子育てに向いていないと思う。坊っちゃんの将来の為にも、オレがしっかりしなきゃ。

「分かりました坊っちゃん。オレにお任せ下さい！　まずは剣の前に、女の子の上手な誘い方を教えます！」

そう言うと坊っちゃんは、父親そっくりの胡乱《うろん》げな顔をした。

「女の子を格好良く守るには、まず女の子とお近付きにならないといけません。どっかの誰かみたくむやみに顔面に頼らない、円滑な人間関係構築の第一歩ですよ！」

「よくわかんない。だにえらにきーてみる！」

「待って坊っちゃん！　すぐ大人に言いつけるの良くない!!」

犬みたいに素早く駆け出した子供を追いかける。何が楽しいのか坊っちゃんは、ケタケタとご機嫌に笑っていた。

ヒロイン（予定）に転生したので、推しに会いたいと思います

MELISSA

あたしの名前はエステル・チュレヤ。

レイシー国の貴族、チュレヤ男爵の一人娘。

貴族とは言っても狭くて長閑《のどか》な領地はこれといった特産品もない。強いて特色を挙げるなら暖かい時期には領地いっぱいにペンタスの花が咲くことくらいだろうか。かと言ってそれだけで観光客誘致として成り立つでもなく、この国の貴族としてはどちらかと言えば貧乏な方だ。

ところで、あなた。そう、そこのあなた。

『ペンタスの乙女はただ一つの愛を知る』という小説をご存じだろうか。

あ、知らなくても大丈夫です。

特に大ヒットもバズりもしていない、ありふれた恋愛小説なので。

ありふれた恋愛小説だったが、転生前のあたしはこの小説が結構好きだった。

そうです。転生前とか言っちゃいます。

何故ならあたし、『ペンタスの乙女はただ一つの愛を知る』の主人公、エステル・チュレヤは転生者なので！

……うん、そうだね。痛いよね。こんなこと大真面目に言うような奴《やつ》、目を合わせるのを避けちゃうよね。わかる。

わかるけど、信じなくても良いから話だけでも聞いて欲しい。目を逸《そ》らすなこっちを見ろ。物語の主人公に転生なんて、全オタクの夢を叶えたようなもんじゃない。もう転生チートで無双と思うじゃない。人生の勝ち組間違いなしじゃない。

小説は簡単に言えば主人公エステルが出会う男から軒並みモテてモテて困るみたいな話だ。エステル、イズ、ミー。男キャラからの矢印を総取り。もう無敵状態ってやつである。虹色に輝いちゃうわけである。

ちょびっと調子に乗っちゃったが、「なんだビッチか」みたいな目で見るのはやめて欲しい。

この世界にはちゃんとあたしの推しもいるのだ。推しのいる世界に転生だなんて、神様も大盤振舞いである。あたしの運まだ残っているかな？　前世でそれほど徳を積んだ覚えはないんだけどな？　来世は虫かな？

あたしの推しは王子クリシュトフ。根暗で卑屈。良いところは王子という立場だけとか言われたりする陰キャの中の陰キャ。

……何が良いのかって？　蓼《たで》食う虫も好き好き。あたしは不運、不憫《ふびん》、報われないキャラがだ～い好きなのである！

当て馬最高～！　合言葉は可哀想って可愛Ｓｏ!!

…………そんな目で見ないで欲しい。ひとの好みをバカにする者はひとの好みに泣くんだかんな！

要するに、ヒロインあたし。偶然か必然か推しがいる世界。そして登場人物の矢印はもれなくあたしに向く仕様。優勝確実、マジック点灯、ぶっちぎりで独走、これぞ王者の風格、他の追随を許さぬ圧倒的な強さ！

見せてやるよ！　これぞ女の花道、真のビクトリーロードってやつをな‼

ってなるじゃん？　なると思うじゃん？　ならない筈《はず》がないじゃん？

――ドウシテコウナッタ？

あたしの推しは王子様である。一国一城の王様と王妃様の子。第一王位継承者。

当然、城で生まれ城で育ち城で生きて城で死ぬ筈だ。原作ではクーデター未遂が起きたが、結果オーライで推しは王になった。めでたしめでたし。

が。転生したあたしと同じ世界に生まれ、同じ空気を吸っている筈の推しは、城で生まれたが城で育っていないらしい。

なんで？　病弱？　知らん。何その設定。初耳。

王都を離れ自然豊かな場所で療養？　王子なのにそこまでするの？　え？　ひょっとしてあたしの推し死ぬ可能性がある？

そんな！　バカな！　ヒロインに会わずに死んでいいと思ってんの⁉　絶対後悔するよ⁉　あたしが‼　お願い死なないでクリシュトフ！　次回「推し死す」デュエルスタンバイ‼

――なんてことになったら困るので、あたしはデュエルこそしないものの推しに会いに旅に出た。

両親にどうしても今行かなきゃならんのだとゴネにゴネ、危ないからダメだと言われて床で四肢を振り回し泣いた。十を超えた娘が。同じ世界にいるのに会わないまま推しが死ぬと思えばいくらでも泣ける。

セミ爆弾並みに床で暴れる娘に、両親はついに折れた。折れて、王子が療養している田舎《いなか》、リディーツへ家族旅行に向かうこととなった。やったぁ！　待っててクリシュトフ!!

――今、リディーツって言った？

リディーツといったらヤツがいる。『ペンタスの乙女はただ一つの愛を知る』のメインヒーロー、ハイスペック彼氏ことアルフレート・バルトシェクが。

推しと正反対の天敵、この世界に学校があったらキラッキラな一軍間違いなしの、更に陰キャにも分け隔てなく接して悪意なく陰キャの自尊心をぐちゃぐちゃにするタイプの男、アルフレート・バルトシェクがっ！

推しは現在リディーツで療養中。アルフレート・バルトシェクはリディーツ領主の息子。ならば顔を合わせていない筈がない。

可哀想な推し！　原作ではほとんど会ったことがないのに噂話《うわさばなし》だけで推しを卑屈な性格にしていたのだから、直接会って長期かつ継続的に接しているなんて今頃推しはより卑屈に歪《ゆが》んでいるに違いない。けしからんもっとやれ。

……オホン。ごめん、少々本音が。

いやでも推しはキャラクターとしては間違いなく推しだが、恋人として付き合うならせめてマイルド卑屈くらいであって欲しい。

おのれアルフレート・バルトシェク！　推しをこれ以上卑屈にさせるなんてこのヒロインが許さんぞ！

こうしてあたしはリディーツの地に降り立った。


「あれ？　女の子だ」

ハイ。女ノ子デス。

答えたくても喉が詰まって言葉が出ない。頷《うなず》きたくても頭を動かせない。だって喉元に刃物突き付けられてるのよ。どうしろって？

「うーん。一応聞くけど、君暗殺者とか刺客だったりする？」

「……イエ」

ヒロイン、ソンナモノニナッタ覚エナイ。

ここは断じて否定しなくてはならない。そう思って力を振り絞ったら小さく掠《かす》れた声が出た。もっと長く喋《しゃべ》ったなら、確実に声は震えていただろう。

どうしてか相手はあたしの言い分を信じてくれたらしい。突き付けられていた剣は鞘《さや》に収められる。

どっと力が抜けた。ついでに腰も抜ける。地面に手を突き、貪るように空気を求め、ただただ呼吸を繰り返す。

「ごめん。君、凄《すご》く気配を隠すのが上手いから間違えた」

そう言ってフレンドリーに手を差し出す、前世でいえば小学校高学年くらいの少年を、あたしは恐る恐る見上げた。

黒いうるつや、サラサラの髪。大きくてキラキラしいアメジストのような瞳。全体的に小ぶりで完璧な配置の顔のパーツ。健康的に日に焼けながら、シミ、そばかす、ニキビ、毛穴すら見当たらないつるつる卵肌。

更に先程までの殺気が嘘《うそ》のような子供らしい溌剌《はつらつ》とした態度。幼さはあるものの理知的な雰囲気。

この覚えのある特徴とケチの付けようのない美少年っぷり。

出たな、アルフレート・バルトシェク！　推しの天敵！

なんだコノヤロウ。美少年がいかにも申し訳なさそうなオーラ出せば初対面の相手の急所に剣突き付けた非礼が許されると思うなよ！

「本当にごめん。怖かったよね。それともどこか痛い？」

アルフレート・バルトシェクはあたしがその手を取らずただ恨めしげに見上げているのを見て、

しゃがみ込んで覗《のぞ》き込むように顔を近付け眉尻を下げてみせた。

美ッ……。一瞬、気が遠くなりかけた。全てを水に流しかけた。まさに美の暴力。

「だっ……いじょうぶ、です」

のけ反りながらどうにか返事をする。

やばい。圧倒的美の前に無意識に推し変する所だった。思い出せあたし。あたしだって結構な美少女だ。前世に比べ顔の良い相手には免疫がある。それにアルフレート・バルトシェクは推しほど不憫ではない！　確かに家族には恵まれないが、最終的にヒロインをゲットして幸せに暮らす勝ち組なのだから‼

……あれ、でもヒロインってあたしだな？　あたしはクリシュトフと結ばれる予定だから……ひょっとしてヒロインに選ばれない世界線のアルフレート・バルトシェクってわりと不憫度が高い……？

……はっ！　ちょっとグラッときた。危ない危ない。あたしにはクリシュトフっていう最強不憫王子な推しがいるんだから。

「立てる？　君リディーツの子じゃないよね。どこから来たの？」

アルフレート・バルトシェクは今度は興味津々とばかりに無邪気に首を傾《かし》げてみせた。

うっ。やめろ。推し変はしないがショタの魅力に目覚めてしまう。開けちゃいけない扉が開いてしまう。

「りょ、両親と……旅行で……」

あまりそちらを見ないようにして質問に答える。

「旅行？　リディーツに？　珍しいね。危ないし田舎だからって貴族は寄り付かないんだけどな」

「し、自然が多い所に行きたくて」

「へえ？　君、随分と都会から来たんだね？　王都の子？」

この美少年グイグイ来るやん！　物理的にも近いんですけどぉ！

「王都はたまに行くくらい！　領地も都会って呼べるほど拓《ひら》けていないわ！」

美の暴力に怯《ひる》むあまり、嘘も吐《つ》く余裕がない。

「ふぅん。……じゃあどうしてリディーツに？」

「王子がいるからです!!」

嘘を吐くどころか、うっかりペロッと本音が駄々漏れた。

はっと正気に戻り、恐る恐る見ないようにしてたアルフレート・バルトシェクを窺《うかが》う。

アルフレート・バルトシェクは微笑《ほほえ》んでいた。だが紫の目は全然笑っていなかった。罠《わな》に掛かった獲物の処理の仕方を考えているような目だった。

肌が粟立《あわだ》つ。全身総毛立つ。肉食動物を前にした草食動物の心境だ。逃げなきゃいけないのに動けない。

「……王子様とお近付きになりたくてわざわざ家族でリディーツまで？　大変だね」

口を開くが何を言ったら良いのか頭が回らず、まとまらない。そもそも喉がからからで声が出ない。

結局、何も言えずに口を閉じた。そんなあたしをアルフレート・バルトシェクは冷めた目で見ている。

「残念ながら、そんじょそこらの女の子じゃ王子様には近付くことさえできないよ。諦めて帰った方が良い」

あ、これバカにされてる。直接王族に見《まみ》える立場にない下位貴族が、王子が田舎にいるのを良いことにノーアポで突撃しに来た。上手く行けば容姿の悪くない娘を側妃にできる。そんな下心と共に。

そういう類いだと思われてる。

でも、あたしはとりあえず推しが生きてるか確認したかっただけだし、両親は娘の目的を知らず、ただわがままを受け入れただけだ。

今日だってあたしは両親に行き先を告げず、リディーツ領主の屋敷の周囲をウロウロしてただけ。

ただ一目推しに会いたかっただけ。今回の件で認知されたいなんて思ってもなかった。

そんな、そんな軽蔑したような、小バカにした目で見られるようなことを、あたしも両親もしていない筈だ。

「……あたしは」

ムカつく。腹が立つ。何も知らないくせに。あたしは前世からクリシュトフのことが。

「……同じ世界に生まれたからには、推しに一目会いたいと思うのが、そんなに悪いことか！！？」

気付いたら叫んでた。紫の目がこぼれ落ちそうなくらい見開かれる。

引くなら引けば良い。推しの為《ため》ならどこへだって遠征する。オタクを舐《な》めるな！　国境の危険地帯がなんぼのもんじゃい！

愚かだと笑われたって、剣を突き付けられたって引くもんか。

「アンタは関係ないんだから黙ってて！　あたしは！　ちょっとでも推しが見られたらそれで良いの!!」

ハナから生存確認さえできれば帰る気だった。こんな田舎町、推しがいなきゃいる意味ないわい。

思いきり叫んだら息が切れた。喉がじんと痛む。

渾身《こんしん》の叫びの余韻さえ消えて、残されたのは肩で息をするあたしと、あたしを凝視する美少年。

——やっちまった。

じわじわ血の気が引く。

あたし、男爵の娘。彼、辺境伯の後継ぎ。

あたし、他所《よそ》からやってきた不審者。彼、正論で不審者を追い払おうとした地元の人。

死んだ。ごめんなさいお父さんお母さん。娘はやらかしました。本当に申し訳ない。

「……クリシュトフを、遠くからでも見られれば良いの？」

心の中で両親に土下座していたら、そんな声が掛けられた。

あたしはまた恐る恐るアルフレート・バルトシェクの顔を見る。

アルフレート・バルトシェクは欠片《かけら》も怒りや不快が感じられない表情で、こちらをじっと見ていた。

「……はい」

「そう。じゃあこっちに来て」

立ち上がったアルフレート・バルトシェクはそう言って屋敷にあたしを誘導する。

え、なんで？　不敬を不問にしてくれるのはラッキーで済ませるとしても、あまりにも物分かりが良すぎない？

あたしは混乱しながらのこのこ付いていった。

……美少年は、後頭部の形も真ん丸で美しかった。


ブロンドの髪、釣り気味の目尻、青白いとさえ言えるほどに真白い肌。

遠目にも分かる、原作で記述されていた通りの特徴。

でも髪はちょっとふんわりしてる。癖毛なのか。内面は卑屈なくせに虚勢を張って人を見下すような目と雰囲気とか言われていたが、今のところ見受けられない。距離があるせいか。それとも推しと一緒にいるのが虚勢なんて一瞬で瓦解させそうな洗練された美少女だからか。

えっ、ていうか美ィ……。隣の美少年も美の塊だが、そしてあたしも顔に覚えありの美少女だが、あの少女のそれは規格外だ。女神だと言われたら秒で信じる。

「あの……王子の隣のとんでも美少女はどちら様ですか……？」

「弟じゃなくて？

僕の妹」

なるほど。美形兄妹……って、待って？　アルフレート・バルトシェクに妹？　弟じゃなくて？

「妹……？」

「あれ、いつもはよく似てるって言われるんだけどな。そう見えない？」

あたしは真偽を確かめるべく美少女をよくよく見つめた。美ィ……。って、違う。語彙を失っている場合じゃない。

遠目にも分かる、手入れの行き届いた漆黒の長い髪。大きな瞳。凛《りん》とした雰囲気。可憐《かれん》な仕草。落とせない男はいませんって言われたら、そうねってなる。国民的美少女感半端ない。今からこんなにも完璧な美少女で、もっと身体が女性的になって化粧を覚えたりした日にゃそれこそ彼女を巡って男たちが血で血を洗うかも知れない。末恐ろしい。ていうか今の段階でほいほいされる変態がいないわけがない。やばい。外は危ないからもうおうち入ろ？　守りたいあの笑顔。

「……お宅の警備は万全？」

「……そのつもりだけど」

つい真剣に尋ねたら、真顔で返された。

「なら良いけど……。なんなら蚊の一匹も入れちゃダメ。あの子の肌が赤く腫れて痒《かゆ》みに悩まされるなんてあっちゃいけないわ。美への冒涜《ぼうとく》よ」

「……善処する」

忠告に対し深刻な様子で頷き、それからアルフレート・バルトシェクは小さく吹き出した。

「君、クリシュトフが『オシ』なんじゃないの？」

「そうだけど……美しいものを嫌いな人間なんていないものよ」

あれほど一目見たいと騒いだ推しそっちのけで美少女に釘付《くぎづ》けになってしまった。美少女の吸引力が推しを超えてしまった。唇を尖《とが》らせて言い訳したら更に笑われた。なんだよぅ。

「君、僕の母上に似てる」

あ、と思う。

アルフレート・バルトシェクの母親といえばあのお墓参りのシーン。涙を流すアルフレートと、それを慰めるエステル。思い出してしんみりしてしまう。

……って、待てよ？　母上に似てる？　アルフレート・バルトシェクが赤ん坊の頃に亡くなっているのに？？

見た目……？　見た目の話？　あれ、でも原作にそんな描写は……

「……ちなみに……」

「うん」

「お母様って、どんな方？」

うーん、とアルフレート・バルトシェクは考えるように視線を上に逃した。

「見た目詐欺」

「え？」

「っていうのは、僕の剣の師匠の言葉なんだけど、確かに外見と内面にちょっとギャップがある」

「ギャップ」

内面ってことはアルフレート・バルトシェクは母親に会ったことがある。母親を知っているのだ。

原作と違い、エドゥアルト・バルトシェクが後妻を迎えた？　それとも……

「ちなみに、母上の『オシ』は僕」

アルフレート・バルトシェクが自分を指差しながらどこか誇らしげに笑った。

原作ではいない筈の母親の推しがアルフレート・バルトシェク。

——転生者じゃん！！！

「お、おええ!?」

初めて見た！　自分以外の転生者！　いや、まだ会ってないけど！

アルフレート推しってことは、アルママさん（仮）は『ペンタスの乙女はただ一つの愛を知る』を知っているのだ！　そこそこマイナーだったのに！　是非お話ししたい！

「……ちなみに、お母様って、実のお母さん？」

「……僕を産んだ人かってこと？　その筈だけど。この目の色は母上と同じだし」

「すご！　死ななかったんだ!!」

口に出してからはっとした。心からの称賛なのだが、身内からしたらとんでもなく感じが悪かっただろう。

どう言い訳したものかとあわあわしていたら、アルフレート・バルトシェクは不愉快どころかおや？　みたいな不思議そうな顔をしていた。

「どこかで母上の口癖を聞いたの？」

想定外の言葉にあたしはぽかん、としてしまう。

「……口癖？」

「うん。母上よく『死ぬ』とか『死んだ』って言うから」

……アルママ（仮）、オタクなんだな。

オタクはすぐ死ぬ。すごい分かる。

「母上、体力はないけど病弱ってほどでもないんだ。以前はすぐ『死ぬ』って言う母上を父上が心配していたんだけど」

アルママ（仮）、エドゥアルト・バルトシェクと仲が良いのか。あの冷酷そうなラスボスと。ますます凄いな。

「今は僕の剣の師匠が言ってた、母上には心臓が二つあって、一つはすぐ止まるけどもう一つは毛が生えてるし滅多に止まることはないっていう説を採用して気にしないようにしてるって言ってた」

さすがエドゥアルト・バルトシェク。オタクはすぐ死ぬからいちいち気にしない方がいい。

……いや、この場合さすがというべきなのは剣の師匠の方か？

アルフレート・バルトシェクの剣の師匠といったらエドゥアルトの副官、レネーのことだろう。

エドゥアルトとレネーが会話するシーンは原作ではほとんどないが、作家がＳＮＳで二人の付き合いは十代の若い頃からだと言ってたからアルママ（仮）とも気安い関係なのかも知れない。

そうか。アルママ（仮）さん、自分の運命も変えたし、エドゥアルトとの関係も良好で、原作では家族に恵まれなかった推しに両親が揃《そろ》ってる状態どころか妹まで作ってあげたのか。オタクの鑑《かがみ》だな。

あたしはまだ見ぬ同胞（たぶん）に強い感銘を受けた。

あたしもクリシュトフを幸せにしてあげたい。……という気持ちは勿論《もちろん》あるのだが、推しは不憫だからこそ輝いているというのも揺るぎないのである。

……足りないものは唯一家族くらいだったハイスペックなメインヒーロー推しのアルママ（仮）さんは、こういうジレンマを感じることがなさそう。

アルフレート推しとか絶対光のオタクじゃん……。推しの幸せとは言葉通りの普遍的な幸せを指すんだろうな。懊悩《おうのう》してる推したんハァハァ、もっと悩み苦しめとか思ったりしないんだろうな。

……このまま会わないでいた方が、お互い良いのかも知れない。

一人でうんうん頷いていたら、いつの間にかアルフレート・バルトシェクが覗き込んできていた。

うっ、目ッ……目がぁ……ッ！

「な、なにか……!?」

美形特有の謎のキラキラエフェクトに目をやられながら、どうにか声を出す。

「ところで君、名前は？」

「今聞く⁉」

「うん。知らない子を庭に入れたって知られたら、さすがに怒られるからさ」

蚊の一匹も入れるなって言われたしね、とアルフレート・バルトシェクは楽しげに笑う。

なんとなーく、あたしの勘が言わない方が良いと囁《ささや》くが、名乗らないままでは無事に帰してもらえないだろうとも思う。

「……エステル。エステル・チュレヤ。……です」

「エステル。ああ、チュレヤ男爵の」

うわ、まだ少年の範疇《はんちゅう》だっていうのに下位貴族についてもすぐ出て来るのか。

幼くてもアルフレート・バルトシェクだ。一度会っただけのあたしのことは忘れて欲しいというのは無理な話らしい。

「ねえ、エステル」

でも許可なく家族ではない女性を名前で呼ぶのは男性としてはマナー違反だ。まだまだ可愛いところもあるじゃない。

「君、クリシュトフじゃなく僕を『オシ』にする気はない？」

「……はぁ？」

何言ってんだコイツ。

「……何故？」

「なぜ？　って……寿命が延びるから？」

「……なんで寿命」

「母上がよく言ってる。僕を見てると寿命が延びるって」

アルママ（仮）ぁ～！　お宅のお子さんあなたのせいでどえらい勘違いしてますよ～!?　オタクとしては推し見て寿命が延びるって言うのはわかるけど～。わかりみが深いけど～。

推しを見てるとすぐ死ぬし、同時に寿命も延びる。この理論がまったく矛盾していない。それがオタク。

「……あなたでなくても、推しを見てれば寿命は延びます」

はい勘違い。お帰りください。つい手も何かを追い払う仕草をしてしまう。

「だから、それを僕にしようよ」

「……あのねぇ」

仕方なしにまともに見たアルフレート・バルトシェクは、微笑んでいるのに目は笑ってなかった。

――やばい。

何が、など考える間もなく咄嗟《とっさ》にそう思う。

「王子様がいい？」

「……は？」

「王子だから、エステルの『オシ』はクリシュトフなのかなって」

それは違う。……まあ、王子のくせに、とか王子のわりに、ってとこもクリシュトフの魅力だが。

だが、そう素直に言っても良いものか。

「……だとしたら、なんなの？」

精一杯強がって問いかける。蛇に睨《にら》まれた蛙《かえる》の気持ちが分かる。分かりたくなかった。

「……これは内緒なんだけどね」

前置きにごくりと喉を鳴らす。

「僕の両親、王家が嫌いなんだ」

「……はぁ」

話がかっとび過ぎて、つい気の抜けた声が出た。

……だから何？

「昔、凄く嫌なことをされたんだって。それを今も許せないって言ってて」

政略結婚のことだろうか。でも、結果仲良くやってるんだから、もういいんじゃないの？

「だから、僕が欲しければ玉座を奪ってもいいよって」

「…………え？」

ギョクザヲ、ウバッテモ、イイヨ。

……玉座を、奪う？

一貴族としては大言壮語過ぎる。ていうか一発アウトなやつだ。子供の内緒話の範囲を超えてる。赤の他人に聞かせないで欲しかった。

そして、それを言ったのがエドゥアルト・バルトシェクだというなら、大言壮語なんてもんじゃない。本人にとっては実現可能な未来の話だ。もはや犯行予告である。

原作のアルフレートはエドゥアルトに提示された未来にはっきりノーを突き付けた。王にはならず、辺境伯を継ぐのだと宣言した。

だが、この目の前の彼は？

家族が揃い、今や何でも持っているアルフレート・バルトシェクが手に入れていないもの、欲しいものは？

目が合ったアルフレート・バルトシェクは、にっこりとお手本みたいに綺麗《きれい》に笑った。

「……王様になったら、エステルの『オシ』として十分かな？」

──こいつ。なんで。いつ。なにが。

あたしがヒロイン、エステル・チュレヤだから？　そんな強制力、聞いてませんけど！！？

肉食動物にロックオンされた。為す術《すべ》なし。詰んだ。

ていうか、アルフレート・バルトシェクが玉座も、ヒロインも得るなんて。

「……クリシュトフには玉座くらいしか残らないんだから、やめたげてよぉ！」

もう半泣きである。あたしが推しから立場まで奪うなんてそんなのあっちゃいけない。

あたしは推しに与えるオタクにはなれないが、推しから奪うオタクにもなりたくない。

せっかく同じ世界で生きてるのに!!

「……君、本当にクリシュトフが『オシ』なの？　今の、そうとは思えない言いぐさだけど」

「ひとの推しの愛《め》で方《かた》に文句言うな！　めっちゃ推しだわ!!」

アルフレート・バルトシェクはしばらく疑わしそうな顔をしていたが、まあいいかと気を取り直したらしい。

「クリシュトフに玉座くらいしか残らない、ってことはないと思うよ。リリアナがいるし」

「……誰」

「僕の妹」

君の言うところの、とんでも美少女。と付け加えられる。

「……え、え？　えええ～!?」

アルフレート・バルトシェクを見、推しと美少女がいた方向を見、アルフレート・バルトシェクを見、推しと美少女が……

「マジで！！？？」

「……まあ、父上が許したら、だけど」

「難題じゃん!!」

「母上も今のところ良い顔はしてない」

「ママぁ!!」

どんだけ恨みが深いんだ。何されたんだバルトシェク夫妻。

「あと本人も……」

「何でよ！　まさかクリシュトフの一人相撲《ずもう》なの!?　期待させないでよ！」

「いや、決して一方的ってわけじゃないんだけど、家族やリディーツの民と離れるのは嫌だって言ってる」

「美少女は言うことまで可愛いなオイ!!」

推しの恋路でオタクの情緒がジェットコースターなんですけど。

「それで、どうかな」

「……何がですか？」

「君が頷いてくれれば、君は『オシ』ととんでも美少女の義姉になれるかもね」

「……あね」

推しに「お姉さん」、美少女に「お姉様」と呼ばれる。……悪くない。むしろイイ。全然アリ。

「どう？」

「うっ……ぐぐぅ……」

その顔面でぐいぐい来ないで欲しい。判断力が鈍る。

「っ、そもそも！」

ビシィ！　と指を突き付けてやる。クソ、ちょっと寄り目になっても可愛いとは何事だ。

「あなた！　あたしのことが好きなの⁉」

「うん」

間髪入れずに肯定された。ち、ちゃんと言ってよそういうことはぁ！

美少年に好意を寄せられてるというのなら一考の余地ありである。

この世に美しいものを嫌いな人がいて？　あとあたし、推しと彼氏は両立できるタイプなので。

「ち、ちなみにどういうところが……」

「母上に似てるから」

「表出ろこのマザコン」

……やっぱりアルママ（仮）には、一度会っとくべきなのかも知れない。

推しに一目会いに来ただけなのに、予期せぬことが多すぎる。知らない世界に迷い込んだみたいだ。

ヒロインだから勝ち確って言ったの誰⁉　どうしてこうなった！！？

あとがき

　はじめまして、カズヨシと申します。この度は『推しの母（予定）に転生したので、子作りしたいと思います』をお手にとっていただき、ありがとうございます。

　精一杯頭を悩ませて執筆しましたので、お楽しみいただければ幸いです。


　降って湧いた物語を忘れないうちにと慌てて文字に起こし、「頑張って書いたよ見て見て！」とインターネットの海に作品を放流した結果、生まれて初めて単行本を出させていただく運びとなりました。

　貴重な機会をいただきました一迅社様には、改めて御礼申し上げます。

　何より、出版社様よりお声がけをもらう程の作品にしていただいたのは、「面白かった」「好き」と仰ってくださった読者の皆様のおかげです。

　皆様のお言葉に励まされたからこそ、チキンな私が書籍化のお話を受けるに到りました。

是非これからも目に止まった作品は気軽に褒めてあげてください。きっとあなたの一言に背中を押された作家が何かしらやらかします。私みたいに！

そして皆様も何か作ったら気軽に「見て見て！」してください。

褒めてもらうだけで嬉しいのに、予期せぬ幸運までゲットできるかもわかりませんよ。私みたいに！


末筆になりますが、弱音ばかり吐く面倒くさい私にも常におおらかに接してくださった担当様、わりと図太い主人公を擁す作品にもったいないくらいの繊細で可愛い絵を描いてくださったなおやみか先生、本の製作に携わってくださった全ての皆様、そして最後まで読んでくださったあなた様に。

心より感謝と御礼を申し上げます。ありがとうございました。

カズヨシ

王太子妃に
なんてなりたくない!!
王太子妃編
著▶月神サキ　イラスト▶蔦森えん

悪役令嬢と
鬼畜騎士
著▶猫田　イラスト▶旭炬

婚約者に側妃として
利用されるくらいなら
魔術師様の褒賞と
なります
著▶まつりか　イラスト▶御子柴リョウ

推《お》しの母《はは》(予《よ》定《てい》)に転《てん》生《せい》したので、子《こ》作《づく》りしたいと思《おも》います

カズヨシ

2023年12月5日　初版発行

著者　カズヨシ

発行者　野内雅宏

発行所　株式会社一迅社
〒160-0022 東京都新宿区新宿3-1-13 京王新宿追分ビル5F
電話 03-5312-7432(編集)
電話 03-5312-6150(販売)
発売元：株式会社講談社(講談社・一迅社)

印刷・製本　大日本印刷株式会社

DTP　株式会社三協美術

装丁　AFTERGLOW

ISBN978-4-7580-9601-0

MELISSA